MOEWIG

EIN PLAYBOY TASCHENBUCH
IM MOEWIG VERLAG

PLAYBOY

SCIENCE FICTION

STERNENPOST

Herausgegeben von

Isaac Asimov

und Martin H. Greenberg/Joseph Olander

MOEWIG

PLAYBOY Band Nr. 6735
Moewig Taschenbuchverlag Rastatt

Titel der Originalausgabe: Space Mail
Aus dem Amerikanischen von Eva Malsch

Umschlagillustration: Schlück
Umschlagentwurf und -gestaltung: Franz Wöllzenmüller, München
Redaktion: Hans Joachim Alpers
Verkaufspreis inkl. gesetzl. Mehrwertsteuer
Auslieferung in Österreich:
Pressegroßvertrieb Salzburg, Niederalm 300, A-5081 Anif
Printed in Germany 1984
Druck und Bindung: Elsnerdruck GmbH, Berlin
ISBN 3-8118-6735-0

Inhalt

Ms. Merrils Beitrag ist eine schöne (es ist nicht einfach, diese Qualität in einer Kurzgeschichte zu erreichen) und eindrucksvolle Story, die zum erstenmal in Worlds of Tomorrow *(Oktober 1963) veröffentlicht wurde, in einem Magazin, das sein Erscheinen bedauerlicherweise einstellte.*

Judith Merril

Die Einsamen

THE LONELY

An: den Ehrenwerten Natarajan Roi Hennessy, Vorsitzender des Komitees für interkulturelle Beziehungen, Solar-Rat, Eros.
Von: Dr. Shlomo Mouna, Senioranthropologe, Projekt Ozma XII, Pluto-Station.
Datum: 10. 9. 92, TC.
Übersendung: Via Expreßstrahl. Abgeschickt: 1306 Stunden TST.
Empfangen: 1947 Stunden TST.

Lieber Nat,

anbei eine stark gekürzte, mit vielen Anmerkungen versehene und als topsecret zu behandelnde Kopie des Programms, das wir soeben aufgenommen haben. Der offizielle Titel lautet GU 79, und der Inhalt bestätigt einige unserer früheren Vermutungen über die ganzen Serien. Diese betrifft uns direkt, und wir besitzen nun genügend Hintergrundinformationen, inklusive spezifischer Daten, um eine komplettere, stilistisch richtigere Übersetzung anzufertigen als zuvor.

Ich würde sagen, die Hypothese, daß diese Botschaften eine Reihe ‚galaktischer Universitätslektionen' darstellen, die von irgendeinem Punkt nahe dem galaktischen Zentrum ausgesandt werden, durch ein Medium, das viel schneller funktioniert als das Licht, muß durchaus ernst genommen werden.

Diese Sendung scheint von Altair zu kommen. Vermutlich wurde sie nur wenige Jahre, nachdem die in der Übersetzung geschilderten Ereignisse stattgefunden hatten, übertragen. Ein Teil des Materials weist auf das Originalformat hin, und das finde ich ziemlich beunruhigend. Ebenso erhebt sich die Frage, ob Altair, Arcturus, Casto etc. irgendwelche Relais-Stationen auf uns eingestellt haben. Der Inhalt der Übersetzung läßt allerdings daran zweifeln.

Der vollständige Text, die Filme etc. werden durch die Kanäle wandern, sobald Du mich wissen läßt, welche Kanäle benutzt werden sollen. Diesmal bitte ich nicht darum, die Geheimhaltungsstufe aufzuheben. Ich denke an diverse Space-Army-Reaktionen und, ehrlich gesagt, ich frage mich, ob man das Ganze nicht auf die Vorsitzenden von Interkult und die Ozma-Senioranthropoiden beschränken sollte. Manchmal mache ich mir auch Gedanken über Dich. Eine fröhliche Lektüre wünscht

Shlomo

Übersetzung des GU 79, gekürzte Fassung, herausgegeben von SM, 10. 9. 92, TC. (Zur Beachtung: Ich habe das Material zusammengefaßt und mit Anmerkungen versehen. Wo es angezeigt war, habe ich das visuelle Material kommentiert. Einige Textstellen wurden wörtlich übernommen, aber gekürzt, wo es angebracht war. Die Zeiten und Maße etc. wurden aus Standard-Galaktisch oder Aldebarisch in Terra-Standard übersetzt. Bedenke bitte, daß Wörter wie ‚wahrnehmen‘ nur sehr unzureichende Übersetzungen für SG-Wahrnehmungen sind, die sich viel komplexer darstellen, als es unsere Sprache ausdrücken kann. SM.)

(Erste Einstellung: Eine Space-Army-Crew besucht die Statue einer Erdenfrau auf Aldebaran VI. Großaufnahme ehrfürchtiger Gesichter. Einblendung der alten L-1, die sich immer noch im Orbit befindet, hinterher ein Absprungschiff. Erste

Einstellung wird wiederholt, dann Auftritt des Dozenten. Du hast ihn vielleicht schon mal gesehen. Ein aalglatter Elektro-Typ. Wenn er sich humorvoll gibt, sprüht er sogar Funken.)

Das Bild, das Sie soeben wahrgenommen haben, ist symbolisch in mehrfachem Sinne. Erstens: Die Statue wurde von den Arlemiten geschaffen, den Eingeborenen von Aldebaran VI (!! – ja, Virginia, es gibt wirklich Eingeborene!!), wobei sie emotionale Symbole benutzen, um die Kommunikationskluft zwischen zwei äußerst ungleichen Rassen zu überbrücken. Zweitens: Aufgrund eines grotesken Fehlschlags dieser ursprünglichen Absicht wurde die Struktur für die darin verwikkelte Spezies zu einem höchst signifikanten Symbol – für die Terraner, eine noch junge Rasse von Sol III. Ihr habt wahrgenommen, wie beeindruckt sie war. (Beachte bitte die Worte: ‚Ihr habt wahrgenommen.' Wir müssen also vermuten, daß das originale Sendeformat Möglichkeiten enthält, um Emotionen zu projizieren.) Schließlich hängt dieses zweifache Symbol in gewissem Sinn (nun sprühen die Funken wie verrückt; professioneller Humor ist eben überall das gleiche, was?) mit dem Phänomen des Paradoxons der absoluten Universalität und unendlichen Vielfalt zusammen, die im Symbolismus zu finden sind.

(Darauf folgt eine Wiedergabe früherer Lektionen, die das Gedächtnis auffrischen soll. Das Thema dieses Kurses könnte in etwa lauten: ‚Die Probleme des verschiedenartigen Symbolismus in der Kommunikation zwischen den Rassen.' Diese Lektion handelt von – lach nicht! – Symbolen der Sexualität. Auszüge:)

Das Phänomen des Symbolismus ist ein integraler Teil der Kommunikationsentwicklung zwischen intelligenten Wesen. Die Unterschiede der biologischen Konstruktion, der ökologischen Situation, der atmosphärischen und geophysikalischen Bedingungen beeinflussen natürlich die ursprünglich infantilen Phasen der intellektuell-emotional-sozialen Entwicklung in allen Kulturkreisen ... (aber) ... annähernd seit dem Punkt in der linearen Entwicklung einer Zivilisation, bei dem sie schätzungsweise Kontakte mit anderen Kulturen knüpft – das heißt, seit dem Erreichen der kulturellen Reife, die dem typischen pubertären Energieausbruch folgt, wo der erste allgemeine Kontakt hergestellt wird... (Er beschreibt diese Ebene ausführlich als einen Komplex von 1. astrophysikalischem Wissen, 2. Beherrschung der grundlegenden Materie-Energie-Umwandlungen, ‚mechanisch oder psial', 3. Selbstbewußtsein der ganzen Kultur und ihrer Individuen und 4. einige soziologische Phänomene, für die ich keine Quellenangaben habe) ... seit diesem Punkt scheinen alle Kulturen eine bekannte Folge von i-e-s-Schemata zu durchlaufen... (und) ... trotz des unterschiedlichen Entwicklungstempos ist uns die Zusammensetzung der i-e-s-Kurve der reifen kulturellen Entwicklung in allen bekannten Rassen vertraut genug, so daß wir verläßliche Voraussagen für alle Zivilisationen treffen können, sobald sie sich in der Kurve befinden.

(Danach spricht er vom Symbolismus. Er sagt, spezifische Symbole variieren in den einzelnen Kulturen viel stärker als Sprachen oder andere Mittel bewußter Kommunikation . . .)

Es ist selbstverständlich, daß sich die spezifischen Symbole, die zum Beispiel von septasexuellen, mechanophilen, mit Ohren bestückten, frei beweglichen Einzelwesen benutzt werden, stark von den Symbolen einer, sagen wir, mitotischen, einzelligen, intensiv-psioiden kommunalen Kultur unterscheiden. (Was das alles noch interessanter macht), das ist in erster Linie der *Gebrauch der Symbole,* die allgemeine Kenntnis ihrer Bedeutung, der Bildungsgrad, der aus den populären Symbolen spricht, die Verwendung, der sie von der Gesellschaft als Ganzheit zugeführt werden, was wir bisher als nützlichste Konstante erkannt haben, mit deren Hilfe sich eine Kultur in die Kurve einordnen läßt.

(An dieser Stelle wird ausführlich von anderen Aspekten der kulturellen Entwicklung gesprochen, von zyklischen und linearen, die alle faszinierend sind, deren Kenntnis aber für das Verständnis der folgenden Ausführungen nicht essentiell notwendig ist.)

Die Sexualität war bis vor kurzem ein so seltenes Phänomen unter den zivilisierten Rassen, daß wir angenommen hatten, es würde sich um eine Art Rückschritt in der Intelligenzentwicklung handeln. Die sexuellen Rassen, die wir kannten, schienen sich trotz ihrer biologischen Besonderheiten entwickelt zu haben, aber normalerweise erst, nachdem das mechanische Flair, das dieses Phänomen offenbar begleitete, sie befähigte, ihren Heimatplaneten zu verlassen und sich in einer günstigeren Umgebung anzusiedeln.

Ich spreche von einer günstigeren Umgebung, denn die Sexualität scheint sich als evolutionäre Kompensation zu entwickeln, wenn (einige Begriffe können nicht übersetzt werden, scheinen aber im allgemeinen Bedingungen zu beschreiben, die von einer äußerst dichten Atmosphäre bestimmt werden, wo die kosmische Radiation auf ein Maß beschränkt wurde, das die Mutation und somit die Evolution reduzierte) . . .

Wie gesagt, dies ist beinahe ein monströses Ereignis, und das war und ist es auch hier im Herzen der Galaxis. Aber in den weniger dicht bevölkerten Spiralarmen ist die normale Rate der Radiation wesentlich geringer. Erst in den letzten Jahrhunderten haben wir begonnen, Kontakte mit den Rassen aus diesen Sektoren zu knüpfen. Und die Sexualität ist jetzt unter diesen Leuten viel weiter verbreitet als früher.

Kürzlich ergaben sich neue Gründe, die Ursachen und Auswirkungen der Sexualität zu erforschen. Und wir haben nun ein vergleichsweise sehr umfangreiches Material zur Verfügung, mit dem wir arbeiten können.

(An dieser Stelle berichtet er über die Sexualgebräuche der einzelnen Rassen, in denen es mehrere Geschlechter gibt, von zwei bis siebzehn, über exotisch-erotische Methoden und Sitten, die sich eine zweigeschlechtliche, zweibeinige Rasse kaum vorstellen kann. Du kannst Dich auf was gefaßt machen. Das steht alles im ungekürzten Text.)

Aber nun will ich mich der einfachsten, gebräuchlichsten Situation widmen, in der nur zwei Geschlechter auftreten. Unsere jüngsten Forschungsergebnisse weisen darauf hin, daß eine offenbar unvermeidliche psychologische Wirkung erzielt wird, wenn man zwei essentiell verschiedene Mitglieder einer Spezies in einer genetischen Einheit kombiniert. (Er funkelt wie verrückt.) Ich nehme an, Sie alle haben das gleiche Gemisch von Entzücken und Erschrecken empfunden, das die ersten Forscher erfüllte, als sie diese allzu offensichtliche, sträflich übergangene Parallele zu den vertrauten Symbiosefällen erkannten.

Die oben erwähnten Terraner sind in mancher Hinsicht prototypisch, was die Sexualität bei intelligenten Rassen betrifft, und die ungewöhnlichen, ziemlich dramatischen Geschehnisse auf Aldebaran VI haben viel zu unserem Wissen über die Psychologie der Sexualität im allgemeinen beigetragen.

In dieser Kultur ist der Dualismus tief verwurzelt und beeinflußt alle Aspekte des i-e-s-Komplexes – nicht nur die Philosophie und den Maschinenbau, sondern auch die Mathematik und zum Beispiel die Mystik.

Diese kulturelle Haltung beginnt mit einer Dualität oder zweiseitigen Symmetrie der Körperstruktur. (Während dieser Ausführungen benutzt er visuelles Material – Fotos, graphische Darstellungen etc. von menschlichen Körpern, von der Anatomie, der Physiologie, von Wohn-, Eß- und Paarungsgepflogenheiten etc. Er ergeht sich auch in faszinierenden Spekulationen über den Huhn- oder Ei-Typ: Wird die physische Struktur von der geistigen Beschaffenheit beeinflußt, oder gibt es eine inhärente Tendenz eines Chromosomenschemas, das Gen-Paare aus Eltern-Paaren entstehen läßt?)

In dieser Hinsicht sind die Terraner fast perfekte Prototypen, mit zwei Paaren von Gliedmaßen, die sie zur Bewegung und Manipulation benutzen und die aus einem zentralen Bauchteil ragen, das zwar einzelne Organe ebenso wie paarweise angeordnete enthält, aber so symmetrisch proportioniert ist, daß man auf den ersten Blick annehmen könnte, in seinem Innern sei alles spiegelgleich. Der Hauptatemapparat ist ein gepaartes Organ. Das Verdauungssystem ist eine Einzelanlage, wenn die

Nahrung auch durch eine Mundöffnung mit zwei Lippen und zwei Zahnreihen aufgenommen wird. Sowohl bei den ‚männlichen' als auch bei den ‚weiblichen' Wesen ist das Organ für den Sexualkontakt ein Einzelgebilde, während die Keimzellenproduzenten paarweise auftreten. Sogar das Gehirn ist paarweise strukturiert!

Ich habe bereits erwähnt, wie typisch es für die sexuellen Rassen ist, daß ihre Vorliebe für Maschinenbau und Physik stärker ausgeprägt ist als der Kommunikationsinstinkt. Dies war in vielen Jahrhunderten eine zwar mehrfach beobachtete, aber unverständliche Tatsache. Erst als das Phänomen des Dualismus (oder des Triadismus in dreigeschlechtlichen Rassen etc.) studiert wurde, erkannte man die Bedeutung dieser Beobachtung. Wenn Sie an die verschiedenen Transportmöglichkeiten und Energiequellen denken, werden Sie sehen, daß – außerhalb der psi-basierten Techniken – die meisten mit den Prinzipien der Symmetrie und/oder Äquivalenz zusammenhängen. Diese Konzepte sind für die zweigeschlechtlichen Wesen selbstverständlich. Andererseits hat das Prinzip der Einheit, das jeder erfolgreichen Kommunikation zugrunde liegt – physikalisch, verbal, psial etc. – und das auch die Basis der Anwendung von Psi auf maschinentechnische Probleme darstellt, für diese Spezies in ihren frühen Stadien eine fast mystische Qualität.

Wie bei den meisten Lebensformen ist der reproduktive Akt zwischen geschlechtlichen Wesen sowohl physisch angenehm als auch biologisch zwingend, so daß er schon sehr früh mit religiös-mystischen Gefühlen in Zusammenhang gebracht wurde. Bei den sexuellen Rassen wird diese Haltung durch die Kommunikationsaspekte des Akts intensiviert. (Hier werden graphische Darstellungen gezeigt, die mich an Karikaturen erinnerten und mir zu denken gaben!) Wir müssen noch sehr viel über die psychologischen Aspekte dieses Phänomens lernen, aber wir wissen bereits genug, um festzustellen, daß das Konzept der Einheit für diese Rassen ursprünglich fast gänzlich mit ihrer sexuellen Betätigung in Beziehung gebracht und später auf andere Gebiete ausgedehnt wurde, auf die Religion und die Künste der Kommunikation, wobei man anfänglich eine mystische, oft ehrfürchtige Haltung annahm.

Ich muß Sie wohl kaum daran erinnern, daß die Tendenzen, die ich nun besprochen habe, von primitiver, grundlegender Natur sind. Offensichtlich muß jede Spezies zum Zeitpunkt des Kontakts zumindest soviel Bildung auf dem Gebiet der Physik – der Quanten-und-vereinten-Kraftfeld-Theorie, der atomaren Transmutation – erlangt haben, um die essentiell blinde Gasse des dualistischen Denkens zu verlassen. Doch der Grad, bis zu dem diese Terraner immer noch durch ihr früheres Entwicklungsschema eingeengt werden, läßt sich an der fast unglaublichen Tatsache erkennen, daß sie den ultra-dimensionalen Transport entwickelt hatten, *bevor* sie effektivere Kommunikationswege entdeckt hatten als die elektromagnetischen!

Deshalb war ihr erster Kontakt mit älteren Zivilisationen physikalischer Natur. Und da sie nach wie vor großteils auf aurale und visuelle Kommunikation beschränkt sind, waren sie in der Tat unfähig, ihre ersten Kontakte auf Aldebaran VI wahrzunehmen.

(Ein Bild von Prof. Aal in funkelnden Zuckungen weicht Fotos von unserem Planeten und einem antiquierten Erdenraumschiff im Orbit – wiederum L-1. Dann fällt ein suborbitales Raumschiff in Spiralen zur Erdoberfläche hinab. Zwanzig Gestalten in plumpen Raumanzügen steigen aus. Dies scheint ein Filmbericht von einer Landung zu sein, was allerdings unwahrscheinlich anmutet. Wenn es das tatsächlich ist, dann ist das ein verdammt guter Film. Der Bericht ist nach der Aldebaran-Zeit datiert. Ich ersetze diese Angaben durch ein Datum des terranischen Kalenders und würde einen weiteren Rosetta-Stein als Geschenk annehmen.)

Wir befinden uns nun im Jahr 2053. Seit mehr als sechs Jahrzehnten hat sich dieser primitive Gigant des Alls einen Weg durch das restriktive Medium des langsamen Raums gebahnt. Zweimal im Verlauf seiner weiten Reise hat das große Schiff angehalten.

Zuerst auf Procyon, wo sie ein sowohl unbewohntes als auch nicht sonderlich einladendes System vorfanden. Damals wußten sie noch nicht, was sie zur Landung gedrängt hatte. (Nach unserer Zeitrechnung erfolgte die Landung auf Procyon 2016, wie dem Logbuch der L-1 zu entnehmen ist, und das dürfte mit den hier zitierten Beobachtungen übereinstimmen.)

Zwei Jahrzehnte später landeten sie auf Saiph, wo sie ein Minimum an Gastfreundschaft erhofften. Zumindest suchten sie einen sicheren Landeplatz für ihre Beischiffe, so daß sie eine Zeitlang darin wohnen und ihr künftiges Überleben planen konnten. Doch dieses Planetensystem gab wenig Anlaß zur Hoffnung. Sie landeten auf einer Welt von Erdengröße, umgeben von grausigen Gasen und häßlichen Flüssigkeiten. (Diese Atmosphäre enthielt große Säuremengen. Eine Probesonde korrodierte innerhalb von Minuten.

Sie flogen weiter. Ein halbes Jahrzehnt später beschlossen sie, nicht das nächstgelegene Sternensystem aufzusuchen, sondern jenes, von dem ihr Funkgerät Signale intelligenter Lebensformen empfangen hatte – Aldebaran.

Zwischen Procyon und Saiph hatten sie erkennen müssen, daß die im Weltraum geborenen Kinder nicht lebensfähig waren. Man hatte geplant, daß das Schiff, falls nötig, weiterfliegen sollte, wenn die erste Besatzung gestorben war. Die terranischen Planer hatten ihr akutestes psychosoziologisches Problem gemeistert und das Schiff mit einer Crew besetzt, die nur aus einem Geschlecht bestand. Vierzig Frauen traten die Reise an, mit einem Spermenvorrat, der von hundert genetisch ausgewählten Männern stammte und sorgfältig an Bord konserviert wurde.

Die Geschlechtsbestimmung in dieser Rasse liegt beim männlichen Chromosom, und der Großteil der Spermen war so ausgesucht worden, daß er weibliche Wesen produzierte. Es war geplant, daß das Schiff während des Flugs von einer eingeschlechtlichen Crew manövriert werden sollte. Erst gegen Ende der Reise sollte eine normale Ausgewogenheit zwischen den Geschlechtern angestrebt werden.

Die Terraner haben offenbar einen Grad des Selbstbewußtseins erreicht, der sie befähigt, die schlimmsten Gefahren ihrer unterschiedlichen Qualität zu eliminieren, während sie die Vorteile dieser Ambivalenz (Prof. Aal funkelte wieder) nutzen. Ihre biologischen Besonderheiten haben unter anderem in den Frauen eine viel größere Belastbarkeit als in den Männern bewirkt, was die physischen Anstrengungen und die gesellschaftlichen Probleme einer so langen, langsamen Reise angeht. Die Männer sind aggressiver und reagieren stärker auf feindselige Herausforderungen. Deshalb wird man sie hauptsächlich einsetzen, wenn ein fremder Planet kolonialisiert werden soll. (Hier wird eine Betrachtung über die Säugetiere angefügt, die nichts Neues bringt, aber gewisse Dinge im eher bewundernden Ton formuliert, vom Standpunkt eines Außenseiters aus betrachtet. Dies wäre ein Schulbuchklassiker, falls wir jemals einen solchen Text bekommen.)

So war es also geplant. Aber als das erste weibliche Wesen, das an Bord geboren war, heranreifte und keine Spermen empfangen konnte, wurde der Plan geändert. Drei männliche Kinder wurden von Frauen der ursprünglichen Crew geboren, deren Hälfte noch am Leben und im gebärfähigen Alter war.

(Nun, er erzählt das alles sehr anschaulich, fügt aber nichts hinzu, was wir nicht ohnehin dem Logbuch entnommen haben. Konflikte zwischen den Frauen führten zum Tod eines Jungen und zum vermutlichen Selbstmord eines anderen, als dieser in die Pubertät kam. Die verbleibenden Männer konnten die fruchtbaren Frauen nicht schwängern. Die Hoffnung auf eine Landung, während noch genug fortpflanzungsfähige Leute an Bord wären, so daß sie von vorn anfangen könnten, wurde auf Saiph enttäuscht. Man beschloß, das nächstgelegene, acht Lichtjahre entfernte System anzufliegen. Aldebaran war noch weiter entfernt. Man hatte die phantastische schwache Hoffnung, landen zu können, während immer noch eine gebärfähige Frau am Leben war – die Matriarchin, wie Du Dich vielleicht erinnerst.)

Wenn Sie sich an die Gründe erinnern, die zur Landung auf

Aldebaran geführt hatten, können Sie sich sicher die Reaktion vorstellen, als der Landetrupp erst einmal keine Funksignale mehr bekam, während er herabflog. Außerdem konnten sie mit ihren Sinnen keine Anzeichen einer Bevölkerung wahrnehmen. Man erforschte die anderen Planeten, ohne Erfolg. Das Mutterschiff, das ein besseres Funkgerät besaß, empfing immer noch die Signale von Aldebaran VI. Man versuchte eine wilde Hypothese zu bestätigen, indem man die Schichten der oberen Atmosphäre durchsuchte, natürlich ergebnislos. Die Atmosphäre schien sich nicht einmal dazu zu eignen, Leben an der Oberfläche des Planeten hervorzubringen. Ein wiederholt eingesetzter Suchstrahl ortete schließlich die Quelle der Signale in einem Berg auf VI, auf dem die Terraner kein anderes Anzeichen intelligenten Lebens wahrnahmen.

Der einzig logische Schluß, den sie ziehen konnten, bestand darin, daß sich hier ein Funkturm auf einer leeren Welt befand. Die tatsächliche Erklärung lag natürlich in der Natur der Arlemiten, der Eingeborenen von Aldebaran VI.

Vom Ursprung her sozial-kolonisierende Flechten auf einem Planeten, der nicht einmal zu seiner Blütezeit eine adäquate Atmosphäre besaß, kombinierten die Arlemiten ihre kleine Körpergröße mit einer begrenzten Beweglichkeit und einer ungeheuer stark ausgeprägten Fähigkeit, Luft und Wasser in sich zu bewahren. Sie entwickelten sich – was unvermeidlich war – zu einer hochstehenden psioiden Kultur, die so weit von einem Ende der Psichophysik entfernt ist wie Terra vom anderen. (Eine neue Schreibweise. Ich finde, sie trifft den Kern der Sache besser als ‚Psycho'.) Man mußte eine Wahl treffen – eine Möglichkeit, die sich stetig verringerte – zwischen einer physikalisch andersartigen neuen Umwelt und einer bewußten evolutionären Maßnahme, zu der diese reife psioide Rasse viel besser befähigt war: Nun existieren die Arlemiten als eine über den ganzen Planeten verstreute Mischung aus einzelligen Seinseinheiten, die sich zu einem Individuum und einer ganzen Rasse zusammengefunden hat.

(Mit Hilfe des visuellen Materials wirst Du Dir das besser

vorstellen können. Es ist ungefähr so, als würden wir beide, Du und ich, den Raum zwischen den Zellen ausfüllen.)

Es erscheint als besondere Ironie, daß die Arlemiten nicht nur eines der ältesten und psioidesten Völker waren, so daß sie praktisch das ganze angehäufte Wissen der Galaxis zur Verfügung hatten, sondern daß sie auch symbiotische Produkte waren. Dieser Hintergrund müßte sie befähigt haben, den terranischen Geist und die Probleme zu begreifen, die sich aus der Konfrontation mit den Besuchern ergaben. Dem standen jedoch die fast totale Psi-Blindheit der Terraner und die eingeschlechtliche Schiffsbesatzung im Wege.

Die Besucher konnten ihre Gastgeber nicht wahrnehmen. Die Gastgeber fanden keine Möglichkeit, sich mit den Besuchern zu verständigen. Die volle Besatzung kam in Beischiffen herab und lebte ohne alle Hoffnung zwischen den Arlemiten, während sie feststellte, daß ihre Lebensfähigkeit im Raum verlorengegangen war. Sie unternahmen keinen Versuch, an Bord des Schiffes zurückzukehren und die Reise fortzusetzen. Ihre Reihen lichteten sich, alle Disziplin kam ihnen abhanden, der Tod raffte sie dahin. Schließlich war es der letzte rebellische Akt eines Kindes, der die Vergeblichkeit der Tragödie milderte.

Das letzte Kind sah den letzten Erwachsenen sterben und betrachtete dies als Möglichkeit, das unverletzlichste aller Gesetze zu brechen. Es verließ das Schiff und wurde innerhalb von Minuten von der fast luftlosen Atmosphäre getötet.

Doch diese Minuten genügten, zusammen mit der viel längeren Zeit, die es erforderte, das tote Gehirn zu untersuchen. Das Gehirn dieses einen Kindes, das noch jung genug war, um teilweise frei zu sein von dem starren mentalen Rahmenwerk, das den erwachsenen Terraner für die Arlemiten so unzugänglich macht, war die Grundlage unseres neuen Wissens.

Bedauerlicherweise erzeugten die Arlemiten einen Organismus, der die Terraner und ihre Ausrüstung zersetzte, der alle Spuren der Tragödie entfernte. Inzwischen studierten sie, was sie gelernt hatten, um für künftige Notfälle gewappnet zu sein.

Der technologische Erfindungsgeist dieser jungen Sexualwesen wird offensichtlich, wenn ich Ihnen nun sage, daß sie nur vier Jahrzehnte nach dem Abflug dieses vom Pech verfolgten Schiffs mit ultra-dimensionalen Reisemöglichkeiten zu experimentieren begannen. Schon zur Zeit, als jenes Schiff auf Aldebaran landete, erforschten Ultra-Di-Späher die Systeme, die näher bei Sol liegen. Etwa zehn Jahre nach dem Tod des letzten Kindes kam einer dieser Späher nach Aldebaran und entdeckte das Mutterschiff, das immer noch im Orbit kreiste.

Natürlich landeten die Terraner zum zweitenmal. Die Arlemiten hatten immer noch keine Methode entwickelt, um dieser Spezies das Leben auf ihrem Planeten zu ermöglichen oder sich mit ihr durch Signale zu verständigen, die aural und visuell wahrgenommen werden konnten. Aber aufgrund des Wissens, das sie aus dem Studium des Kindergehirns gewonnen hatten, kannten sie die stärksten emotionalen Symbole der terranischen Kultur. Sie hatten schon längst ein Warnsignal entwikkelt, das auf die visuelle Wahrnehmung eingestellt war. In unglaublich kurzer Zeit wurde die Statue der Erdenfrau konstruiert, durch die vereinten Anstrengungen des gesamten Arlemitenbewußtseins.

Sie konnten nicht wissen, daß das neue Schiff – für die Forschung, nicht für die Kolonialisierung bestimmt und mit Ultra-Di-Treibkraft ausgestattet, was die lange, langsame Reise ausschaltete – nur mit Männern besetzt war. Auch wenn sie es gewußt hätten, sie verstanden die extreme Dualität dieser zweigeschlechtlichen Doppelkultur noch nicht. So gaben sie ihrer Warnung die Gestalt eines der stärksten Furcht-und-Haß-Symbole – die Gestalt der Frau.

(Ein Bild der Statue wird gezeigt, aus verschiedenen, langsam veränderten Blickwinkeln, kein Kommentar. Wenn wir von einem emotional-projektiven Begriffsvermögen ausgehen – und das müssen wir wohl –, weist dieses Timing darauf hin, daß sie zuerst projizieren, was ihrer Meinung nach ein weibliches Menschenwesen beim Anblick der Statue fühlen muß. Ich habe hier ein paar Mitarbeiterinnen getestet. Sie konzentrierten sich mehr auf die phallische als die weibliche Komponente, waren in ihren Reaktionen aber ebenso positiv wie die Männer. Was nun folgt, entspricht meiner eigenen Reaktion.)

Es scheint mehr eine Rückkehr zu sein als ein Wagnis.

Die Frau wartete, so wie sie gewartet hat – immer? –, um ihre Söhne zu begrüßen, uns willkommen zu heißen ... zu Hause? Sie sitzt da in voller Schönheit, friedlich, vollkommen, vollständig, sauber, in frischen Farben... Neu? Nein, für immer. Geöffnet, einladend und doch so unzugänglich, warm und – unberührbar? Eher unberührt – eine fast, aber niemals wirklich vergessene Göttin, die Allmutter, die Frau Erde, eingehüllt, einhüllend in Wärme und Frieden ...

Man tritt einen Schritt zurück: Dies ist der Friede der liebenden Erkenntnis, der unbeirrten Weiblichkeit, des großen Alters, der unsterblichen Jugend – der Friede der Vergangenheit, des Lebens, das verstrichen ist, von jener Unsterblichkeit, die nichts Sterbliches jemals erreichen kann, es sei denn, durch die erstarrten Impressionen des lebenden Bewußtseins, das wir Kunst nennen.

Die jungen Männer sind tief bewegt, und sie machen Witze. „Die Allmutter", sagen sie sarkastisch. „Die alte weise Gottheit, was?"

Dann blicken sie auf und sind still unter den lächelnden Steinaugen. Sogar das alte Raumschiff, obszön in ihrem Schoß plaziert, wirkt nicht absurd – so wie es in Museumsmodellen wirken wird oder so tragisch wie das Original im Orbit.

(Prof. Aal faßt nun die Schlußfolgerungen zusammen, die er als selbstverständlich ansieht. Irgendwas stimmt hier nicht. Das ist mir klar. Wie konnten sie aus einem völligen Mißverständnis heraus etwas so Mächtiges schaffen? Womit werden wir konfrontiert? Und – um auf das Problem der Kanäle zurückzukommen – was wird diese kleine Geschichte den aufgeblasenen Egos der Raumarmee antun?)

Ende der Übersetzung.

An: Dr. Shlomo Mouna, Senioranthropologe, Ozma XII, Pluto
Von: N. R. Hennessy, Solarratshalle, Eros
Datum: 10. 10. 92
Übersendung: Via Expreßstrahl. Abgesandt: 0312 Stunden. Empfangen: 1027 Stunden.

Lieber Shlomo,

sehr wichtig – laß mich den ganzen Text lesen, bevor wir ihn zur Veröffentlichung freigeben – ich habe noch ein paar Fragen, zum Beispiel: Wissen sie, daß wir die Lektion empfangen haben? Wie sollen wir ihnen klarmachen, daß sie sich irren? Sollen wir das überhaupt tun? Mein Instinkt sagt ja. Die Taktik sagt, es ist vorteilhaft, unterschätzt zu werden. Am besten rückst Du den ganzen Text raus, wir werden ihn überprüfen lassen. Inzwischen, um Dich von Deiner Verwirrung zu befreien ...

Du hättest wissen müssen, daß die L-Klasse-Schiffe nach Lysistrata benannt wurden. Fünf davon starteten während des kurzen Matriarchats zu Beginn der Weltregierung von Terra, das dem Finalkrieg folgte. Nun kannst Du Deine Symbole neu ordnen. Und – großer Gott – wo sind die anderen vier gelandet?

NRH

A. E. van Vogts Beitrag Secret Unattainable *(*Astounding Science Fiction, *Juli 1942) ist ein gutes Beispiel für die Reaktion der SF-Autoren auf den Nationalsozialismus und den Zweiten Weltkrieg. Nachdem diese Story (unseres Wissens) nie zuvor in einer Anthologie erschienen war, wurde sie im ausgezeichneten Sammelband des Autors, in* Away and Beyond *(1952), veröffentlicht.*

A. E. van Vogt

Unerreichbares Geheimnis

SECRET UNATTAINABLE

Die Akte, bekannt als Geheimsache Sechs, wurde 1945 aus Berlin herausgeschmuggelt, als die Russen die ganze Stadt besetzten. Wie sie in die Vereinigten Staaten gebracht wurde – das ist eine dieser dramatischen wahren Geschichten aus dem Zweiten Weltkrieg. Die Einzelheiten können noch nicht veröffentlicht werden, da sie Personen betreffen, die jetzt in der russischen Besatzungszone von Deutschland leben.

Es muß betont werden, daß all die außergewöhnlichen Dokumente in dieser Akte in den Händen unserer Behörden sind. Die Untersuchungen sind im Gange. Man kann mit weiteren, umfangreicheren Enthüllungen rechnen, wenn eine der Maschinen gebaut ist. Alle deutschen Modelle wurden Anfang 1945 von den Nazis vernichtet.

Die Dokumente sind ab 1937 datiert und werden in chronologischer Reihenfolge wiedergegeben, ohne Rücksicht auf ihre individuelle Bedeutung. Zuerst ist es wohl angebracht, die Aufmerksamkeit auf den folgenden Artikel zu lenken, der in der *New York Sun* vom 25. März 1941 auf Seite 17 erschien. Allerdings hatte er zu jenem Zeitpunkt keine besondere Bedeutung.

DEUTSCHER BACH WIRD IN FLUSS UMGEWANDELT!

London, 24. März: Ein Aufklärungspilot der Royal Air Force meldete heute, daß ein Bach im nördlichen Preußen, der auf der Landkarte als Gribe bezeichnet wird, über Nacht zu einem tiefen, rasch dahinströmenden Fluß geworden ist. Man nimmt an, daß ein unterirdischer Wasserlauf seine Grenzen gesprengt hat. Mehrere Dörfer am Ufer des ehemaligen Baches stehen unter Wasser. Aus Berlin war kein Bericht über den Zwischenfall erhältlich.

Es gab keinen Bericht aus Berlin, auch später nicht. Man muß außerdem betonen, daß der oben zitierte Artikel 1941 veröffentlicht wurde. Die vorliegenden Dokumente, datiert ab 1937, umspannen einen Zeitraum von vier Jahren. Vier Jahre voller welterschütternder Geschichte:

10. April 1937

Vom Sekretär des Physikalischen Instituts an den preußischen und Reichswissenschaftsminister.
Thema 10731-127-S-6

1. Bericht des distinguierten wissenschaftlichen Komitees, das den Fall des Herrn Professors Johann Kenrube untersuchte, liegt bei.

2. Wie Sie sehen werden, opponierte die Mehrheit des Komitees nachdrücklich gegen staatliche Zuschüsse für ein Projekt, das als ‚phantastisch' bezeichnet wurde. Sie bezweifeln, daß eine Hochtransformatorröhre die Resultate hervorbringen kann, mit denen offenbar gerechnet wird. Sie sagen, die Zahl ist eine Funktion, keine Realität, sonst würde die moderne Physik nicht existieren.

3. Der Minderheitsbericht von Herrn Professor Goureit wird zwar als Provokation betrachtet, kann aber außer acht gelassen werden, wenn man bedenkt, daß Goureit ebenso wie Kenrube und Kenrubes infamer Bruder ein Mitglied der SPD war.

4. Das Untersuchungskomitee, das Hitlers Wunsch im Auge hatte, daß kein Wissenschaftsgebiet unerforscht bleiben darf, machte als großzügige Geste gegenüber Goureit, der einen guten Ruf besitzt und über eine sarkastische Feder verfügt, den Vorschlag, Kenrube zu erlauben, seine Forschungsarbeit fortzusetzen, falls er sie aus privaten Mitteln finanziert.

5. Vorausgesetzt, daß die Geheime Staatspolizei nichts dagegen einzuwenden hat, schließe ich mich diesem Vorschlag an.

G. L.

ANMERKUNG DES AUTORS: *Es war schwierig, die Unterschrift G. L. zu identifizieren. Offenbar arbeiteten mehrere Sekretäre im physikalischen Institut, die einander in rascher Folge ablösten. Aufgrund genauer Nachforschungen muß man den Mann als Gottfried Lesser identifizieren, einen obskuren Bakkalaureus der Physik, der schon früh in die Nazipartei eintrat und während eines gewissen Zeitraums als ihr wissenschaftlicher Experte fungierte. Die Geheime Staatspolizei ist natürlich die Gestapo.*

17. April 1937

AKTENNOTIZ des Chefs von der wissenschaftlichen Abteilung der Gestapo:

Wenn Kenrube das Geld auftreiben kann, lassen Sie ihn gewähren, vorausgesetzt, er wird streng überwacht.

K. Reissel

2. Juni 1937

KOPIE

Von der Koordinationsabteilung der Deutschen Bank an die Gestapo:

Die bewußten Personen haben kürzlich Summen von insgesamt vier Millionen fünfhunderttausend Reichsmark auf das Konto Herrn Professor Johann Kenrubes überwiesen. Dies zu Ihrer Information.

J. Pleup

11. Juni 1937

Von der Gestapo an den preußischen und Reichswissenschaftsminister:

Betrifft: 10731-127-S-6

In Beantwortung Ihrer Bitte um weitere Einzelheiten aus dem Privatleben J. Kenrubes seit dem Tod seines Bruders im Juni 1934, im Zuge der politischen Säuberungsaktion:

Wir zitieren einen Zeugen, Peter Braun: „Ich konnte Herrn Professor Kenrube sehr genau beobachten, als man ihm in jenem August in Frankfurt am Main mitteilte, daß sein Bruder während der Säuberungsaktion exekutiert wurde.

Professor Kenrube ist ein schlanker, gutaussehender Mann mit einem normalerweise ausdruckslosen Gesicht. Nun färbte sich das Gesicht dunkelrot, dann wich alles Blut aus seinen Wangen. Er ballte die Hände und sagte: ‚Sie haben ihn ermordet!' Dann eilte er zu seinem Zimmer.

Ein paar Stunden später sah ich ihn am Fluß entlanggehen, ohne Hut, mit zerzaustem Haar. Die Leute blieben stehen und schauten ihm nach, aber er nahm sie nicht wahr. An jenem ersten Tag war er sehr erregt. Als ich ihn am nächsten Morgen wiedersah, hatte er die Fassung anscheinend wiedergewonnen. Er sagte zu mir: ‚Peter, wir alle müssen für die Fehler unserer Vergangenheit leiden. Die tragische Ironie des Todes, den mein Bruder sterben mußte, besteht darin, daß er mir erst vor einer Woche in Berlin erklärte, es sei nicht richtig von ihm gewesen, sich gegen die nationalsozialistische Arbeiterpartei zu stellen. Er war überzeugt, daß diese Partei große Leistungen vollbringen würde.' "

Sie werden bemerken, Exzellenz, daß er mit diesen Worten beabsichtigte, den emotionalen Ausbruch vom Vortag vergessen zu machen. Wie dem auch sei, die Tatsache, daß er imstande war, sich zusammenzureißen, scheint darauf hinzuweisen, daß Gefühle menschlicher Zuneigung nicht allzutief in ihm verwurzelt sind. Im Juli 1934 kehrte Professor Kenrube in sein Labor zurück, wo er seither offensichtlich ohne längere Unterbrechungen tätig war.

Es gab hier unter den Psychologen, die zu diesem Büro gehören, einige Diskussionen bezüglich Kenrubes. Man ist einhellig der Meinung, der Professor wird in drei Jahren fast vergessen haben, daß er einmal einen Bruder hatte.

K. Reissel

NOTIZ AM UNTEREN RAND DES BRIEFES:

Ich bin mehr denn je davon überzeugt, daß man nicht unbedingt auf die Psychologen hören soll. Es ist unsere Pflicht, alle Verwandten aller Personen zu beobachten, die aus irgendwelchen Gründen vom Staat exekutiert wurden. Wenn es in der Affäre Kenrube irgendwelche nennenswerten wissenschaftlichen Entwicklungen gibt, lassen Sie mich das sofort wissen. Seine Errungenschaften haben stets Priorität. Äußerste Vorsicht ist geboten.

Himmler

24. Oktober 1937

Vom Sekretär des Physikalischen Instituts an den preußischen und Reichswissenschaftsminister:

Betrifft: Professor Johann Kenrube

Den folgenden Bericht erhielten wir von unserem Spezialagenten Siebzehn:

„Kenrube hat die alte Stahl- und Betonfestung Schloß Gribe über dem Flüßchen Gribe gemietet, das in die Ostsee mündet. Die Festung lag früher auf einem kleinen Hügel in einem Tal. Doch der Hügel senkte sich, und das Schloß steht nun auf dem Talboden. Wir brauchten über einen Monat dazu, um das alte Gebäude bewohnbar zu machen und die Maschinerie zu installieren."

Zu Ihrer Information: Agent Siebzehn hat an der Bonner Universität ein Physikstudium abgeschlossen. Er war eine Zeitlang als Physikprofessor in München tätig. Aufgrund der Technikerknappheit hat Kenrube ihn als seinen Chefassistenten eingestellt.

G. L.

21. Mai 1938

Von der wissenschaftlichen Abteilung der Gestapo an den preußischen und Reichswissenschaftsminister:

Betrifft: 10731-127-S-6

Himmler möchte über die neuesten Entwicklungen in der Affäre Kenrube informiert werden. Was soll das lange Schweigen? Was genau versucht Professor Kenrube zu erreichen, und welche Fortschritte hat er gemacht? Ihr Geheimagent hat Ihnen doch sicher regelmäßig Bericht erstattet.

K. Reissel

3. Juni 1938

Vom Sekretär des Physikalischen Instituts an den Chef der wissenschaftlichen Abteilung der Gestapo:

Betrifft: Professor Johann Kenrube

Ihr Brief vom 21. vergangenen Monats wurde an mich weitergeleitet. Die beiliegende Zusammenfassung der Berichte von unserem Agenten Siebzehn werden Ihnen die gewünschten Kenntnisse übermitteln.

Seien Sie versichert, daß wir die Entwicklungen in diesem Fall genau beobachten. Bisher ist nichts geschehen, das unsere besondere Aufmerksamkeit erfordert hätte.

G. L.

ZUSAMMENFASSUNG DER BERICHTE VON AGENT SIEBZEHN:

Unser Agent teilt uns mit, daß Professor Kenrube ihm zunächst die Aufsicht beim Bau der Maschine übertrug, wodurch gesichert ist, daß sich unser Mann intime Kenntnisse aller physikalischen Details aneignen wird.

Wenn die Maschine fertig ist, soll sie die gesamte alte Festung ausfüllen, hauptsächlich soll dies mit Hilfe von Hochtransformatorröhren erreicht werden. In diesem Zusammenhang schildert Siebzehn, wie vier elektrische Generatoren aus Kenrubes alten Labors entfernt wurden und wie man ihren gesamten Output durch die Hochtransformatorröhren leitete, mit dem

Ergebnis, daß eine vierundneunzigprozentige Leistungssteigerung festgestellt wurde.

Siebzehn berichtet weiterhin, daß diverse Maschinenteile bei mehreren Metallfirmen bestellt wurden, doch wegen des Verteidigungsprogramms treffen die Lieferungen nur sehr langsam ein. Professor Kenrube hat sich mit der Möglichkeit abgefunden, daß er seine Erfindung erst 1944 oder 1945 fertigstellen kann.

Siebzehn, selbst ein Wissenschaftler, interessiert sich sehr für die Maschine. In Anbetracht der Tatsache, daß sie, wenn sie erfolgreich arbeitet, unserem Reich ungeheure Mengen an Rohmaterial einbringen wird, bittet er darum, Kenrubes Projekt gewisse Prioritäten zuzugestehen.

Er fügt hinzu, daß er sich mit Kenrube angefreundet hat. Er glaubt nicht, daß der Herr Professor ahnt, wie eng er mit unserem Institut zusammenarbeitet.

4. Juni 1938

Von der Gestapo an den preußischen und Reichswissenschaftsminister:

Betrifft: 10731-127-S-6

Rohmaterial! Warum hat man mir nicht schon früher mitgeteilt, daß Kenrube Rohmaterial produzieren will? Warum dachten Sie, ich würde mich für diesen Fall interessieren – wenn nicht einzig und allein aus dem Grund, daß Kenrube ein Genie ersten Ranges ist? Daß deshalb alles, was er tut, sofort und genauestens überprüft werden muß? Aber – Rohmaterial? Sind Sie verrückt, oder leben Sie in einer schönen Traumwelt?

Sie werden Professor Kenrubes Pläne sofort beschaffen, samt allen mathematischen Einzelheiten, mit Fotos von der Maschine. Veranlassen Sie Ihre Wissenschaftler, einen Bericht über die genaue Natur des Rohmaterials zu erarbeiten, das Professor Kenrube produzieren will. Handelt es sich um eine Transmutationsmethode – oder was sonst?

Informieren Sie Kenrube dahingehend, daß er uns einweihen muß, sonst wird er kein Arbeitsmaterial mehr erhalten. Wenn er uns andererseits die gewünschten Kenntnisse übermittelt, wird man ihm die Waren, die er braucht, schneller als bisher liefern. Kenrube ist kein Narr. Er wird die Situation verstehen.

Was Ihren Agenten Siebzehn betrifft – ich werde sofort einen Agenten losschicken, der als sein Leibwächter fungieren soll. Er hat sich mit Kenrube angefreundet! Also, wirklich!

Himmler

28. Juni 1938

Von der Gestapo an den Sekretär des Physikalischen Instituts:
Betrifft: Geheimsache Sechs

Haben Sie den Bericht von Kenrube bekommen? Himmler will ihn sofort sehen, wenn er eingetroffen ist.

K. Reissel

4. Juli 1938

Von der Gestapo an den Sekretär des Physikalischen Instituts:
Betrifft: Geheimsache Sechs

Was ist mit dem Kenrube-Bericht? Ist es möglich, daß Ihr Büro nicht begriffen hat, wie ernst wir diese Sache nehmen? Wir haben kürzlich herausgefunden, daß Kenrubes Großvater an einem Mann Rache übte, den er noch viele Jahre nach dem Ereignis haßte, das seine Rachsucht hervorgerufen hatte. Jede nur erdenkliche Vorsichtsmaßnahme muß ergriffen werden. Wir müssen sicherstellen, daß Kenrubes Maschine nachgebaut werden kann, und wir müssen die Maschine selbst schützen.

Bitte, schicken Sie uns den wissenschaftlichen Bericht sofort nach dessen Eintreffen zu.

K. Reissel

4. Juli 1938

Vom Sekretär des Physikalischen Büros an den Chef der wissenschaftlichen Abteilung der Gestapo:
Betrifft: Professor Johann Kenrube

Der Bericht, um den Sie gebeten haben, ist angekommen. Eine komplette Abschrift wird in einem gesonderten Umschlag

Ihrem Büro zugestellt. Wie Sie sehen werden, ist der Bericht sehr sorgfältig vorbereitet. Ich habe mir die Mühe gemacht, eine Zusammenfassung der Analyse beizulegen, die unser wissenschaftliches Komitee vorgenommen hat, damit Sie den Inhalt des Berichts leichter und schneller erfassen können.

G. L.

ZUSAMMENFASSUNG DER WISSENSCHAFTLICHEN ANALYSE VOM KENRUBE-BERICHT ÜBER SEINE ERFINDUNG:

Allgemeine Formulierung der Kenrube-Theorie: Es gibt zwei Arten des Raums im Universum, den normalen und den Hyperraum.

Nur im normalen Raum ist die Entfernung zwischen Sternensystemen und Galaxien groß. Es ist für die Natur der Dinge und für die Einheit materieller Körper von essentieller Bedeutung, daß zwischen allen Teilen der Materie, zum Beispiel zwischen der Erde und dem Universum als Ganzem, ein inniger Zusammenhang besteht.

Kenrube behauptet, daß nicht die Schwerkraft die perfekte, wunderbare Ausgeglichenheit, die Einzigartigkeit des Organismus verursacht, der sich als galaktisches System darstellt. Und daß die Relativitätstheorie nur dem Thema ausweicht, indem sie statuiert, die Planeten würden um die Sonne kreisen, weil es einfacher für sie ist, dies zu tun, als ins All zu fliegen.

Kenrubes These besagt deshalb, daß alle Materie im Universum aufgrund eines starren mathematischen Schemas miteinander verbunden ist und daß diese Verbundenheit die Existenz des Hyperraums voraussetzt.

Gegenstand der Erfindung: Mit Hilfe des Hyperraums soll die Kluft überbrückt werden, die zwischen der Erde und den anderen Planeten klafft – oder zwischen allen Teilen der einzelnen Planeten. Das bedeutet, daß es nicht nötig sein wird, auf einem fernen Planeten nach Öl zu bohren. Die Maschine wird das Ölvorkommen feststellen und in beliebiger Tiefe anzapfen. Das Öl wird aus einer Öffnung der Maschine strömen, die bei dem jetzt entstehenden Gerät 2,5 Meter im Durchmesser mißt.

Der Ölstrom, der aus dem Loch kommt, erreicht pro Minute eine Länge von tausend Metern. Das bedeutet, daß man pro Stunde etwa sechshunderttausend Tonnen Öl fördern könnte.

Auf die gleiche Weise könnte man Erze gewinnen, indem man ganz einfach ertragreiche Gebiete aufspürt und dann die Erze aus der Maschinenöffnung gewinnt.

Es muß noch betont werden, daß von allen distinguierten Wissenschaftlern, die den Bericht überprüft haben, nur Herr Professor Goureit behauptet, die Fähigkeit zu besitzen, die mathematischen Formeln zu verstehen, durch die Kenrube die Existenz des Hyperraums beweist.

14. Juli 1938

KOPIE – PROTOKOLL EINER BEFRAGUNG HERRN PROFESSOR KLEINBERGS, DES VORSITZENDEN DES WISSENSCHAFTLICHEN GESTAPO-KOMITEES, DURCH HERRN HIMMLER. GEGENSTAND DER BEFRAGUNG: BERICHT VON HERRN PROFESSOR JOHANN KENRUBE

Frage: Haben Sie die Zeichnungen und die mathematischen Formeln studiert?

Antwort: Ja.

Frage: Welchen Schluß ziehen Sie daraus?

Antwort: Wir sind einstimmig der Meinung, daß wir einen Schwindel aufgedeckt haben.

Frage: Bezieht sich Ihr Urteil auf die zeichnerische Darstellung der Erfindung oder die mathematische Erklärung der Theorie?

Antwort: Auf beides. Die Zeichnungen sind unvollständig. Eine Maschine, die nach diesen Plänen konstruiert wäre, würde laut und deutlich dröhnen, aber es wäre falscher Alarm. Die Energie bewegt sich einfach nur schneller durch einen vakumisierten Stromkreislauf, bevor sie zu ihrer Quelle zurückkehrt.

Frage: Ich habe Ihren Bericht an Kenrube geschickt. Er

meint, daß fast die gesamte moderne Elektro-Physik auf elektrischen Strömen basiert, die durch ein Vakuum geleitet werden. Wie ist es damit?

Antwort: Das ist eine Halbwahrheit.

Frage: Und die mathematischen Formeln?

Antwort: Dies ist der echte Beweis. Seit Descartes...

Frage: Könnten Sie darauf verzichten, diese ausländischen Namen zu benutzen?

Antwort: Verzeihung. Seit Leibniz ist die Zahl eine Funktion, eine variable Idee. Kenrube behandelt die Zahl wie ein existentes *Ding*. Er sagt, daß die Mathematik lebt. Man muß Wissenschaftler sein, um zu erkennen, wie unglaublich, unmöglich und lächerlich eine solche Vorstellung ist.

SCHRIFTLICHER KOMMENTAR ZU OBIGEM GESPRÄCH:

Ich bin kein Wissenschaftler. Ich habe keine festgefahrenen Vorstellungen, was die Mathematik oder irgendwelche Erfindungen angeht. Aber ich möchte die Theorie akzeptieren, daß Kenrube gewisse Theorien verschweigt. Aus diesem Grund gebe ich folgende Anweisungen:

1. Alles weitere Material für die Hauptmaschine wird vorerst einbehalten.

2. Man soll es Kenrube ermöglichen, im großen Regierungslabor von Dresden ein Modell seiner Maschine zu bauen. Erst wenn dieses Modell in Betrieb ist, und auf keinen Fall früher, soll er die Erlaubnis erhalten, die größere Maschine fertigzubauen.

3. Inzwischen werden die Gestapo-Wissenschaftler die Maschine in Schloß Gribe inspizieren. Die Gestapo-Bauexperten werden, wenn nötig, das Gebäude, das durch die Senkung des Hügels zu Schaden gekommen sein muß, neu befestigen.

4. Gestapo-Agenten werden Schloß Gribe bewachen.

Himmler

Vom Sekretär des Physikalischen Instituts an den Chef der wissenschaftlichen Abteilung der Gestapo:
Betrifft: Herrn Professor Kenrube

Beiliegend die vierteljährliche Zusammenfassung der Berichte von unserem Agenten Siebzehn.

Zu Ihrer Information,

August Buehnen

ANMERKUNG DES AUTORS: *Buehnen, ein Parteimitglied, das in einer der zweijährigen Nazi-Wissenschaftsschulen ausgebildet worden war, löste G. L. im September 1938 als Sekretär des Physikalischen Instituts ab.*

Es ist nicht genau bekannt, was aus Lesser wurde, der als einflußreiches Parteimitglied galt. Es gab einen Brigadegeneral namens G. Lesser, einen technischen Experten, der im Führerhauptquartier in Smolensk tätig war. Dieser Mann, und es gibt einige Anhaltspunkte, daß er mit ‚G. L.' identisch ist, fiel in der ersten Schlacht vor Moskau.

VIERTELJÄHRLICHE ZUSAMMENFASSUNG DER BERICHTE VON AGENT SIEBZEHN:

1. Herr Professor Kenrube arbeitet unermüdlich an dem Modell. Er hat seiner Verbitterung über die erzwungene Verzögerung seiner Arbeit an der Hauptmaschine niemals Ausdruck verliehen und akzeptiert offenbar die Erklärung, daß es sich die Regierung nicht leisten kann, ihm Material zur Verfügung zu stellen, solange das Modell den Wert seiner Erfindung nicht bewiesen hat.
2. Das Modell wird eine Öffnung mit einem Durchmesser von etwa 152 Zentimetern haben. Kenrube will Flüssigkeiten daraus gewinnen und glaubt, daß allein schon das Modell der Ölknappheit des Reichs entgegenwirken wird.
3. Die Maschine wird im Sommer 1939 in Betrieb genommen. Wir alle sind erregt und voller Erwartung.

7. Februar 1939

Vom Sekretär des Physikalischen Instituts an die Gestapo:
Betrifft: Geheimsache Sechs

Die folgenden Vorsichtsmaßnahmen wurden mit dem Wissen und der Zustimmung Herrn Professor Kenrubes ergriffen:

1. Die Fortschritte jedes einzelnen Tages müssen in einem Tagebuch in dreifacher Ausfertigung festgehalten werden. Zwei Kopien werden täglich an unser Büro geschickt. Ihr Büro erhält die dritte Kopie.

2. Jedes Maschinenteil muß fotografiert werden, bevor es installiert wird. Von jedem Teil müssen detaillierte Pläne verwahrt werden, alles in dreifacher Ausfertigung. Die Kopien werden wie oben verteilt.

3. Von Zeit zu Zeit werden unabhängige Wissenschaftler hinzugezogen. Alle sind von Kenrubes Namen beeindruckt, betrachten aber seine Pläne und mathematischen Formeln mit Mißtrauen.

Zu Ihrer Information,

August Buehnen.

1. März 1939

Vom preußischen und Reichswissenschaftsminister an Herrn Heinrich Himmler, Gestapo:
Betrifft: Das große Genie, Herrn Professor Kenrube

Es ist mein Privileg, Ihnen mitteilen zu dürfen, daß die welterschütternde Erfindung Herrn Professor Johann Kenrubes gestern in Betrieb genommen wurde und bereits phantastische Resultate erzielt hat.

Die Maschine ist keineswegs hübsch, und man wird sich in Zukunft bemühen müssen, ihr eine ansprechende, stromlinienförmige Gestalt zu geben, ebenso muß sie beweglicher werden. In ihrem gegenwärtigen Zustand klebt sie höchst unvorteilhaft am Boden. Unbearbeitetes Metall kann sehr häßlich sein.

Der attraktivste Teil der Maschine ist die Kontrolltafel, die aus mehreren Knöpfen und Skalenscheiben besteht. Der Operateur kann mittels verschiedener Spiegel in die Öffnung blicken, die sich an der rechten Seite der Kontrolltafel befindet und davon abgewandt ist. (Ich mag diese plumpen Ausdrücke wie Öffnung und Hyperraum nicht. Wir müssen uns klangvollere Namen für diese wunderbare Maschine und ihre wichtigsten Teile einfallen lassen.)

Als Buehnen und ich eintrafen, war Professor Kenrube gerade damit beschäftigt, mehrere Behälter in verschiedenen Teilen dieser trostlosen grauen Metallmasse zu öffnen und zu schließen. Er nahm diverse Gegenstände heraus und examinierte sie.

Um elf Uhr fünfundvierzig setzte sich Kenrube vor die Kontrolltafel und hielt eine kurze Rede, wobei er die Skalen mit der Frequenzskala eines Radios verglich, auf der die einzelnen Stationen verzeichnet sind.

Offenbar befinden sich die einzelnen Planeten immer an gewissen Stellen, die den einzelnen Skalenstufen entsprechen. Mit Hilfe der Kontrollen kann man einzelne Sektoren der Planeten orten. Dadurch ist es möglich, immer wieder zu bestimmten Punkten auf allen Planeten zurückzukehren. Sie werden noch sehen, wie wichtig das ist.

Die Maschine hat bereits ihre ersten Tests durchlaufen, und nun ging Kenrube dazu über, verschiedene Planeten, die er vorher ausgesucht hatte, anzupeilen. Das war eine faszinierende Darbietung.

Wenn man durch die 152 Zentimeter breite Öffnung schaut, ist es ebenso, als würde man durch ein unverglastes Fenster blicken. Welch ein großer Moment wird es sein, wenn die Hauptmaschine in Betrieb genommen wird und wir durch die riesige Öffnung hindurchgehen können!

Der erste Planet war kalt und öde, trüb beleuchtet von einer fernen roten Sonne. Offenbar hat er keine Luft, denn es ertönte ein pfeifendes Geräusch, als die Luft aus unserem Raum in dieses eisige Gebiet rauschte. Ein Teil der Kälte drang zu uns, und Kenrube drückte rasch auf einen Knopf, worauf wir unter die Planetenoberfläche gelangten.

Ein phantastischer Planet! Das muß eine unglaublich schwere Welt sein, denn sie ist eine wahre Schatzkammer, mit Schwermetall nur so vollgestopft. Wohin wir uns auch wandten, die Bodenformationen wiesen reiche Gold-, Silber-, Zink-, Eisen- und Zinnvorkommen auf, unzählige Millionen Tonnen.

Auf Professor Kenrubes Vorschlag hin zog ich ein paar dicke Handschuhe an und griff nach einem dicken Brocken aus fast reinem Gold. Er lag ganz einfach auf grauem Tonschiefer da, und er war so kalt, daß die Feuchtigkeit des Raums darauf kondensierte und eine dicke Frostschicht bildete. Seit wie vielen Äonen muß dieser Planet gefrieren, so daß die Kälte so tief unter die Oberfläche hinabgedrungen ist.

Der zweite Planet bestand aus dampfenden Sümpfen und tropischen Wäldern. So ungefähr muß die Erde vor vierzig Millionen Jahren ausgesehen haben. Aber wir fanden hier keine Spuren tierischen Lebens, weder Insekten noch Reptile, noch anderes nicht pflanzliche Leben.

Der dritte, der vierte und der fünfte Planet wiesen überhaupt keine Lebensformen auf, weder Tiere noch Pflanzen. Der sechste hätte die Erde sein können, wenn man davon absah, daß seine grünen Wälder und die welligen Ebenen weder tierisches noch intelligentes Leben beherbergten. Aber auf diesem Planeten haben Kenrube und Siebzehn bei ihren Privattests Öl gefunden. Als ich ging, war eine Pipeline an der Öffnung befestigt worden und vibrierte unter dem Druck der kolossalen Ölflut, die mit einem Tempo von fast tausend Stundenkilometern hindurchströmte.

Die ungeheure Flut erschüttert die Pipeline nun schon seit über vierundzwanzig Stunden. Und soviel ich gehört habe, mußte man bereits das große Wasserreservoir am Südrand der Stadt umbauen, so daß es die Ölmengen aufnehmen kann.

Es mag vielleicht *nouveau riche* erscheinen, solche Unannehmlichkeiten in Kauf zu nehmen, um Öl zu lagern, wenn die Quelle jederzeit angezapft werden kann. Aber ich persönlich werde mich erst zufriedengeben, wenn mehrere von diesen Maschinen in Betrieb sind. Es ist besser, kindisch zu sein und Öl zu besitzen, statt logisch zu handeln und das später zu bedauern.

Ich wüßte nicht, was jetzt noch schiefgehen sollte. Aufgrund unserer Vorsichtsmaßnahmen verfügen wir über mehrere vollständige Sätze der Pläne von der Maschine. Natürlich wird es notwendig sein, dafür zu sorgen, daß unsere Feinde nichts von unserem Geheimnis erfahren, und ich würde es sehr schätzen, wenn Sie diesem Aspekt die allergrößte Aufmerksamkeit widmen würden.

Die enormen Möglichkeiten dieses wunderbaren Geräts scheinen sich immer weiter auszudehnen, je länger ich darüber nachdenke. Gestern nacht habe ich kaum ein Auge zugetan.

1. März 1939

Vom Chef der wissenschaftlichen Gestapo-Abteilung an den preußischen und Reichswissenschaftsminister:
Betrifft: Geheimsache Sechs

Würden Sie diesem Büro bitte unverzüglich die Namen aller Wissenschaftler und sonstiger Personen mitteilen, die Kenntnisse über die Kenrube-Maschine besitzen – und mögen sie noch so dürftig sein?

Reinhard Heydrich

ANMERKUNG DES AUTORS: *Dies ist jener Heydrich, der gutaussehende, skrupellose Heydrich, der 1941 die kurz bevorstehende tschechische Revolte mit blutiger Gewalt unterdrückte, der nach der Ernennung des berüchtigten Himmler zum Innenminister der Nachfolger seines ehemaligen Chefs und das neue Oberhaupt der Gestapo wurde und der später einem Meuchelmord zum Opfer fiel.*

2. März 1939

Vom Sekretär des Physikalischen Instituts an R. Heydrich:
Betrifft: Geheimsache Sechs

Anbei die Namensliste, um die Sie gebeten haben.

August Buehnen

ANMERKUNG AM ENDE DES BRIEFES:

Angesichts der Bedeutung dieser Angelegenheit sollten einige Änderungen in den Sicherheitsplänen vorgenommen werden, die vor einigen Monaten bezüglich dieser Personen entworfen wurden. Zwei, nicht nur einer unserer Agenten, müssen jede dieser Personen unter strengster Geheimhaltung überwachen. Der Rest der Pläne kann beibehalten werden, mit einer Ausnahme: Falls einer dieser Männer merkt, daß er überwacht wird, muß ich sofort informiert werden. Ich werde der betreffenden Person, mit gewissen Einschränkungen, die Wahrheit sagen, so daß sie sich keine Sorgen machen muß. Wir müssen um jeden Preis verhindern, daß einer dieser Männer plötzlich über die Grenze flieht.

Himmler

Sonderinformation, persönlich:
Vom preußischen und Reichswissenschaftsminister an Herrn Heinrich Himmler:
Betrifft: Professor Johann Kenrube

Heute morgen berichtete ich dem Führer von der Kenrube-Maschine. Er reagierte äußerst erregt. Diese Neuigkeiten beendeten sein Zögern hinsichtlich der Tschechen. Die Armee wird nun aufbrechen, um das Land zu besetzen.

Zu Ihrer unverzüglichen Information.

13. März 1939

Von der Gestapo an den preußischen und Reichswissenschaftsminister:
Betrifft: Die Dresdner Explosion

Die unglaublich heftige Explosion des Kenrube-Modells muß vollständig aufgeklärt werden. Ein Untersuchungskomitee mit uneingeschränkter Autorität soll in Dresden eingesetzt werden. Ich will Tag für Tag über die Untersuchungsergebnisse informiert werden.

Dies ist schlimm – sehr schlimm. Ihr Agent Siebzehn zählt zu den Opfern. Kenrube ist am Leben, was äußerst verdächtig ist. Es steht außer Frage, daß er verhaftet werden muß. Künftige Katastrophen dieser Art müssen unter allen Umständen verhindert werden. Seine Maschine hat sich als so bemerkenswert erwiesen, daß er um jeden Preis besänftigt werden muß, bis wir sicher sein können, daß alles in Ordnung ist.

Informieren Sie mich über *alles*.

Himmler

ERSTER BERICHT VON AUGUST BUEHNEN:

Als ich am Schauplatz der Explosion eintraf, bemerkte ich sofort, daß ein Kreis, ein bemerkenswert geometrischer Kreis, in der Wand des fünften Stockwerks im Laborgebäude, wo die Kenrube-Maschine stand, wie von einer unsichtbaren Kraft herausgeschnitten worden war.

Als ich den Rand des Kreises inspizierte, stellte ich fest, daß es keine Hitzeeinwirkung gewesen sein kann, die eine so heftige Reaktion hervorrief. Weder die Ziegel noch das exponierte Metall waren versengt oder auf irgendeine Weise von Flammen beschädigt worden.

Man informierte mich über folgende Tatsachen:

Es war nötig, die Ölflut zu unterbrechen, da kein Lagerraum mehr zur Verfügung stand. Siebzehn, der die Aufsicht hatte – Professor Kenrube weilte zu dieser Zeit auf Schloß Gribe, um an der Hauptmaschine zu arbeiten –, erforschte andere Planeten, um seltene Bodenschätze aufzuspüren.

Der folgende Text ist ein Auszug meines Gesprächs mit Jacob Schmidt, einem vertrauenswürdigen Laborassistenten im Regierungsdienst:

Frage: Sie sagen, Herr . . . (Siebzehn) trug ein Stück Erz zum Fenster, um es im Sonnenlicht zu examinieren?

Antwort: Er brachte es zum Fenster, blieb stehen und schaute es an.

Frage: Dabei stand er direkt vor der Öffnung der Maschine?

Antwort: Ja.

Frage: Wer stand sonst noch davor?

Antwort: Dobelmanns, Minster, Freyburg, Tausendfreund.

Frage: Waren das alles Kollegen von Ihnen?

Antwort: Ja.

Frage: Was geschah dann?

Antwort: Die Maschine klickte laut, dann gab sie ein dröhnendes Geräusch von sich.

Frage: Befand sich irgend jemand in der Nähe der Kontrolltafel?

Antwort: Nein, mein Herr.

Frage: Es handelte sich also um eine automatische Aktion der Maschine?

Antwort: Ja. In dem Augenblick, als es passierte, drehten wir uns alle zur Maschine um.

Frage: Alle? Auch Herr ... (Siebzehn)?

Antwort: Ja. Er fuhr herum, und Minster schrie auf, als ein blaues Licht aus der Öffnung drang.

Frage: Ein blaues Licht? Was wurde durch dieses blaue Licht ersetzt?

Antwort: Eine feste Planetenformation, die wir als 447-711-Stufe A-131-8 bezeichnet hatten, das ist schlicht und einfach ihre Stufe auf der Skala. Dieser Planetenformation hatte Herr ... (Siebzehn) die Erzprobe entnommen.

Frage: Und dann kam plötzlich dieses blaue Licht?

Antwort: Ja. Sekundenlang war nur dieses blaue Licht zu sehen, begleitet von diesem seltsamen Dröhnen, und wir standen alle da wie gelähmt.

Frage: Dann flammte das Licht noch stärker auf?

Antwort: Es war schrecklich. Das intensive Blau schmerzte in meinen Augen, obwohl ich es nur im Spiegel über der Öffnung sehen konnte – ich spürte keine Hitze. Aber die Wand war verschwunden – und das ganze Metall rings um die Öffnung.

Frage: Auch die Männer?

Antwort: Ja, alle fünf.

18. März 1939

Vom Sekretär des Physikalischen Instituts an den Chef der wissenschaftlichen Gestapo-Abteilung:

Betrifft: Die Dresdner Explosion

Ich lege eine Zusammenfassung des Berichts vom Untersuchungskomitee bei, die ich soeben erhalten habe. Der Bericht wird Ihnen zugeschickt, sobald die Abschrift getippt ist.

Zu Ihrer Information,

August Buehnen

ZUSAMMENFASSUNG DES BERICHTS VOM UNTERSUCHUNGSKOMITEE:

1. Es wurde festgestellt, daß

(A) die Zerstörung durch ein klickendes Geräusch eingeleitet wurde,

(B) dieses Klicken aus der Maschine kam,

(C) die Maschine mit automatischen Suchgeräten ausgestattet wurde.

2. Die blaue Flamme war die einzige Ursache der Zerstörung.

3. Es existiert keine Theorie, und es wurde auch keine Erklärung abgegeben, wie das blaue Licht entstanden sein könnte. Man muß betonen, daß Kenrube nicht herbeigerufen wurde und deshalb keine Aussage machte.

4. Der Tod von Herrn ... (Siebzehn) und seiner Assistenten ist auf den momentanen Impuls zurückzuführen, der sie in den Weg der blauen Flamme stellte.

5. Das Untersuchungskomitee hat festgestellt, daß es möglich war, an der Maschine herumzuhantieren, daß das Klicken, das der Explosion voranging, das Ergebnis einer automatischen Einrichtung gewesen sein könnte, die zuvor in die Maschine eingebaut worden war. Sonst existiert kein Anhaltspunkt, der auf Sabotage hinweisen würde. Keiner, der zum Zeitpunkt des Unfalls im Raum anwesend war, kann dafür verantwortlich gemacht werden.

19. März 1939

KOPIE für das Wissenschaftsministerium
Von Major H. L. Guberheit an den Minister der Luftwaffe:
Betrifft: Zerstörung des Flugzeugs Typ JU-88

Ich wurde gebeten, die Zerstörung eines Flugzeugs zu schildern, die unter ungewöhnlichen Umständen erfolgte, wie mehrere hundert Offiziere und Männer, die meinem Kommando unterstehen, bezeugen können.

Die JU-88, geflogen von Kadettenpilot Hermann Kiesler, näherte sich dem Rollfeld, um zu landen. Sie befand sich in einer Höhe von etwa hundertfünfundzwanzig Metern, als ein grellblauer Blitz aufzuckte – und dann war das Flugzeug verschwunden.

Es gibt kaum Worte, um die Heftigkeit dieser Explosion zu schildern, ihre Intensität, diese blauen Strahlen. Es war titanisch. Der Himmel erstrahlte in ungeheuren Lichtreflexionen. Und obwohl die Sonne schien, war die ganze Landschaft von jenem blauen Glanz überzogen.

Wir hörten kein explosionsartiges Geräusch. Später wurden keine Spuren dieser Maschine gefunden, auch keine Wrackteile. Der Unfall ereignete sich am 13. März, etwa um zehn Uhr dreißig.

Die Kadetten waren während der vergangenen Woche sehr beunruhigt.

Zu Ihrer Information,

H. L. Guberheit
Major der Luftwaffe, Station 473

KOMMENTAR AM ENDE DES BRIEFES:

Exzellenz, ich muß unbedingt betonen, daß der Zeitpunkt jenes unnatürlichen Ereignisses mit der Explosion des blauen Lichts übereinstimmte, das aus der Kenrube-Maschine kam.

Ich habe festgestellt, daß die Öffnung leicht nach oben gewandt war. Bei diesem Winkel könnte der Strahl die JU-88 getroffen haben, die sich etwa hundertfünfundzwanzig Meter über dem Rollfeld des betreffenden Flughafens befand.

Am erstaunlichsten ist die Tatsache, daß dieser Flughafen *fünfundsiebzig* Kilometer von Dresden entfernt ist. Die größten Geschütze, die jemals entwickelt wurden, können kaum auf diese Entfernung feuern, und trotzdem hat die unglaubliche Kraft der blauen Energie nach der weiten Reise nicht nachgelassen. Sie hat buchstäblich Metall und Fleisch – und alles zersetzt.

Ich wage nicht, mir vorzustellen, was geschehen wäre, wenn sich dieser vernichtende Strahl auf den Boden gerichtet hätte.

Teilen Sie mir bitte sofort Ihre Instruktionen mit, denn hier haben wir es zweifellos mit der ungeheuerlichsten Waffe unseres Zeitalters zu tun.

August Buehnen

19. März 1939

Vom Chef der wissenschaftlichen Gestapo-Abteilung an den preußischen und Reichswissenschaftsminister:
Betrifft: Geheimsache Sechs

Als wir den Bericht des Untersuchungskomitees studiert hatten, waren wir sehr überrascht, weil Professor Kenrube in dieser Angelegenheit nicht befragt worden war.

Seien Sie versichert, daß es nicht in unserer Absicht liegt, die Bedeutung dieses Mannes hochzuspielen. Aber wir verlangen, daß er eine Erklärung abgibt. Schicken Sie Herrn Buehnen zu Kenrube und instruieren Sie ihn, mit unnachgiebiger Härte aufzutreten.

K. Reissel

21. März 1939

Vom Sekretär des Physikalischen Instituts an den Chef der wissenschaftlichen Gestapo-Abteilung:
Betrifft: die Dresdner Explosion

Auf Ihre Bitte hin begab ich mich ins Schloß Gribe und sprach mit Kenrube.

Ich traf zum zweitenmal mit ihm zusammen. Das erstemal sah ich ihn, als ich den Herrn Wissenschaftsminister nach

Dresden begleitete, um gemeinsam mit ihm das Modell zu besichtigen. Ich glaube, ich sollte darauf hinweisen, daß sich Professor Kenrubes physische Erscheinung sehr stark von dem Bild unterschied, das ich mir aufgrund der Akte Geheimsache Sechs von ihm gemacht hatte. Ich hatte ihn mir als großen, dünnen Typ mit fanatischen Augen vorgestellt. Er ist tatsächlich groß, aber er muß in den letzten Jahren zugenommen haben. Seine Augen und seine Züge wirken heiter, und das graue Haar verleiht ihm das Aussehen eines sympathischen Gelehrten in mittleren Jahren.

Ich kann mir nicht denken, daß dies ein Wahnsinniger ist, der ein Komplott gegen das Reich ausgeheckt hat.

Der erste Teil seiner Erklärung bezüglich des blauen Lichts war eine höchst merkwürdige Ausführung über die Realität mathematischer Formeln, und für einen Augenblick glaubte ich, daß er den Unfall *tatsächlich* auf sein unbegreifliches Zahlensystem zurückführte.

Dann ging er zu der konkreteren Feststellung über, daß ein großer Stern des Planeten, der gerade examiniert wurde, mit dem Flugzeug zusammengestoßen sein müsse. Das dröhnende Geräusch, das aus der Maschine drang, schrieb er der Tatsache zu, daß die einzelnen Elemente der Luft im Labor von dieser großen Sonne aufgesogen und vernichtet worden waren.

Diese Sonne befand sich in ihrem eigenen Gleichgewicht und kam erst in den Raum, als ihr Gleichgewicht von der Luft des Raums beeinträchtigt wurde.

(Ich muß sagen, meine eigene Erklärung wäre das Gegenteil dieser Behauptung. Ich meine, die Zerstörung der Luft müßte ein momentanes Gleichgewicht erzeugen, eine Barriere, durch die nichts von der Sonne in den Raum dringen könnte, abgesehen von Lichtreflexionen. Wie auch immer, Kenrube hat oben erwähnte Feststellung getroffen, und ich nehme an, sie basiert auf seinem eigenen mathematischen Konzept. Ich kann sie nur kommentarlos wiedergeben.)

Das Gleichgewicht wurde abrupt gestört. Für einen Sekundenbruchteil, bevor die Hyperraum-Modellmaschine vernichtet wurde, strömte die unglaubliche Energie dieser blauweißen Sonne in den Raum.

Es hätte keinen Unterschied gemacht, wenn das Flugzeug, das von dem blauen Strahl getroffen wurde, weiter als fünfundsiebzig Kilometer von Dresden entfernt gewesen wäre. Diese unermeßliche Gewalt hätte es auch über siebentausendfünfhundert Kilometer hinweg erreicht – oder über fünfundsiebzigtausend.

Die Tatsache, daß keine Hitzeeinwirkung festgestellt wurde, bedeutet nicht, daß es keine Sonne war. Soviel wir wissen, existiert so etwas wie Hitze bei vierzig Millionen Grad Celsius nicht mehr.

Der große Mann fuhr mit der Äußerung fort, er habe bereits über die Gefahren nachgedacht, die uns von diesen Sonnen drohten. Er sei im letzten mathematischen Stadium einer Erfindung, und dabei handle es sich um ein Zusatzgerät, das Körper abstoßen werde, die mehr als zehntausend Kilometer im Durchmesser messen.

Nach seiner Meinung sollte man sich erst zu einem späteren Zeitpunkt bemühen, die titanischen Energien der Sonnen unter Kontrolle zu bringen. Die entsprechenden Tests müßten auf unbewohnten Planeten durchgeführt werden, von Wissenschaftlern, die durch die Öffnung gegangen und dann von jeglichem Kontakt mit der Erde abgeschnitten worden sind.

August Buehnen

BEIGEFÜGTER KOMMENTAR:

Kenrubes Erklärung klingt logisch, und es erscheint wenig glaubwürdig, daß er mit solchen Gewalten experimentieren würde – wenn es auch merkwürdig anmutet, daß die Öffnung ‚leicht nach oben gewandt' war. Wir können auf seine Ratschläge verzichten, was den Zeitpunkt und die Methode unserer Experimente mit Sonnenenergien betrifft. Die ganze Gefahr scheint in einer momentanen Entladung unglaublicher Gewalten und der nachfolgenden Zerstörung der Maschine zu liegen.

Wenn die Mündung im Augenblick der Entladung so gerichtet wäre, daß der Strahl London oder New York treffen würde, wäre der Verlust einer Maschine unerheblich.

Was Kenrubes nette Gelehrtenerscheinung betrifft, so hat sich Buehnen wohl von der großartigen Erfindung zu sehr beeindrucken lassen. Die deutschen Demokraten müssen nicht notwendigerweise verrückt sein, aber sie sind unsere unversöhnlichen Feinde.

Wir müssen Kenrube durch psychologische Mittel besänftigen.

Ich kann nicht vergessen, daß *zur Zeit kein funktionierendes Modell der Kenrube-Maschine existiert.* Und solange es keines gibt, können mich alle netten Gelehrtentypen auf der ganzen Welt nicht davon überzeugen, daß die Explosion unbeabsichtigt war.

Am wichtigsten ist es, daß wir einen unwiderruflichen Schritt bezüglich der Tschechen getan haben. Der Krieg im Westen ist jetzt unvermeidlich.

Himmler

1. Mai 1939

Vom Chef der wissenschaftlichen Gestapo-Abteilung an den preußischen und Reichswissenschaftsminister:
Betrifft: Geheimsache Sechs

Der Führer hat beschlossen, August Kenrube, den Bruder Professor Kenrubes, zu rehabilitieren. Wie Sie sich erinnern werden, wurde August Kenrube in der Säuberungsaktion vom Juni 1934 getötet. Nun muß klargestellt werden, daß seine Exekution ein bedauerlicher Irrtum und Kenrube ein treuer deutscher Patriot war.

Dies liegt auf der Linie unserer psychologischen Attacke auf Professor Kenrubes mutmaßlichen Antinationalsozialismus.

K. Reissel

17. Juni 1939

Vom Sekretär des Physikalischen Instituts an den Chef der wissenschaftlichen Gestapo-Abteilung:

Betrifft: Professor Johann Kenrube

Im Interesse Ihrer Taktik, Kenrube klarzumachen, daß er zur Einheit des deutschen Volkes gehört, veranlaßte ich ihn, auf dem Mathematikerkongreß eine Rede zu halten. Diese Rede, von der ich eine Kopie beilege, war sehr geschickt konzipiert. Dreitausend Wörter voller Gemeinplätze, die keinen Schluß auf seine wahre Gesinnung zuließen. Trotzdem wurde er gefeiert wie noch nie in seinem Leben, und ich glaube, er war unwillkürlich entzückt.

Danach sorgte ich dafür – natürlich möglichst unauffällig –, daß er Fräulein Ilse Weber vorgestellt wurde.

Wie Sie wissen, hat das Fräulein studiert. Sie ist eine reife, moderne junge Frau. Und ich bin sicher, daß sie nur eine der vielen Facetten ihres Charakters einsetzt, wenn sie vor Kenrube eine junge Frau mimt, die ein Kind von einem biologisch möglichst hochstehenden Mann haben möchte.

Ich glaube nicht, daß irgendein Mensch, mag er nun normal oder abnorm veranlagt sein, Fräulein Webers Reizen widerstehen könnte.

August Buehnen

11. Juli 1939

Vom Chef der wissenschaftlichen Gestapo-Abteilung an den Sekretär des Physikalischen Instituts:

Betrifft: Geheimsache Sechs

Können Sie mir mitteilen, wann die Kenrube-Maschine in Betrieb genommen werden kann? Was ist mit den Duplikatmaschinen, die wir ohne Kenrubes Wissen bauen sollen? Große Entscheidungen wurden getroffen. Gespräche wurden geführt, die unsere Welt erschüttern werden, und unsere führenden Persönlichkeiten verlassen sich auf die Kenrube-Maschine.

In diesem Zusammenhang möchte ich Sie bitten, dem beiliegenden Memorandum größte Aufmerksamkeit zu schenken. Es stammt vom Führer höchstpersönlich, also brauche ich wohl nicht zu betonen, wie dringlich es ist.

K. Reissel

MEMORANDUM VON ADOLF HITLER:

Ist es möglich, die Kenrube-Maschine gegen unsere Erde zu richten?

28. Juli 1939

Vom Sekretär des Physikalischen Instituts an den Chef der wissenschaftlichen Gestapo-Abteilung:
Betrifft: Geheimsache Sechs

Ich lege einen Brief von Kenrube bei, der für sich selbst spricht. Wir besitzen eine Kopie.

August Buehnen

NOTIZ VON KENRUBE:

Lieber Herr Buehnen,

die Antwort auf Ihr Memorandum lautet ja.

Angesichts der internationalen Sorgen unserer Zeiten mache ich die folgenden Vorschläge, wie man die Hyperraum-Maschine militärisch einsetzen kann.

1. Jedes Kriegsschiff kann in kritischen Augenblicken operationsunfähig gemacht werden, indem man seine Öltanks leert.

2. Auf die gleiche Weise können die Öllager des Feindes in Krisenmomenten geleert werden. Andere Vorräte kann man sprengen oder, wenn sie brennbar sind, verbrennen.

3. Truppen, Panzerwagen, Laster und alles bewegliche Kriegsmaterial können an jeden Ort dieser Erde transportiert werden, hinter die feindlichen Linien, in Städte, indem man ganz einfach die Mündung der Maschine auf das gewünschte Ziel richtet und die Leute sowie das Rüstungsmaterial hindurchbefördert. Meine Maschine macht alle Eisenbahnen und

Dampfschiffe überflüssig. Die ganze Welt wird sich wandeln.

4. Vielleicht wäre es sogar möglich, eine enorm anpassungsfähige, kompliziert zu justierende Maschine zu entwickeln, die den Tank eines fliegenden Kampfflugzeugs leert.

5. Andere Möglichkeiten, die zu zahlreich sind, um sie hier einzeln anzuführen, ergeben sich aus den oben beschriebenen Vorschlägen.

Kenrube

BEIGEFÜGTER KOMMENTAR:

Diese Maschine ist wie ein Traum. Die Welt gehört uns. Denn welcher Feind könnte uns erfolgreich bekriegen, wenn unsere Truppen plötzlich aus dem Nichts auftauchen und seine Flanken bekämpfen, wenn sie plötzlich im Zentrum der feindlichen Städte operieren – in London, New York, in den mittelwestlichen amerikanischen Ebenen, im Ural, im Kaukasus? Wer kann uns Widerstand entgegensetzen?

K. Reissel

ZUSÄTZLICHER KOMMENTAR:

Mein lieber Reissel,

in Ihrer Begeisterung übersehen Sie die Tatsache, daß sich die Maschine immer noch im Entwicklungsstadium befindet. Es bereitet mir Sorgen, daß unsere Hoffnung zu so wahnwitzigen Höhen emporgestiegen ist. Welch einen schlimmeren Racheakt könnte es geben, als uns auf den Gipfel des Selbstvertrauens emporzuheben und uns dann mit einem einzigen Schlag zu zerschmettern?

Mit jedem Tag geraten wir tiefer in den Bann dieser Maschine. Entscheidungen werden getroffen, die nicht mehr rückgängig zu machen sind. O Gott, wann wird die Maschine endlich fertig sein?

H.

29. Juli 1939

Vom Sekretär des Physikalischen Instituts an den Chef der wissenschaftlichen Gestapo-Abteilung:

Betrifft: Geheimsache Sechs

Die Hyperraum-Maschine auf Schloß Gribe wird im Februar 1941 fertiggestellt sein. Fünf Duplikatmaschinen werden gebaut, ohne Kenrubes Wissen. Wenn er die Instruktion gibt, die Maschine auf Schloß Gribe zu installieren, wird die Fabrik fünf zusätzliche Maschinen zur Verfügung stellen, die nach denselben Plänen angefertigt wurden.

Außerdem werden heimlich ein Dutzend Modellmaschinen nach den alten Plänen konstruiert, aber da man sich dabei ausschließlich auf Zeichnungen und Fotos stützen muß, wird ihre Produktion länger dauern als die der großen Maschinen.

August Buehnen

2. August 1939

Vom Sekretär des Physikalischen Instituts an Herrn Heinrich Himmler:

Betrifft: Professor Johann Kenrube

Soeben habe ich ein Telegramm von Fräulein Ilse Weber erhalten. Sie teilt mir mit, daß sie den Professor heute morgen geheiratet hat und daß Kenrube im nächsten Sommer Familienvater sein wird.

August Buehnen

KOMMENTAR:

Dies sind in der Tat große Neuigkeiten. Einer der gefährlichsten Aspekte der Affäre Kenrube bestand darin, daß er Junggeselle ohne familiäre Bindungen war. Nun sitzt er in unserer Falle. Er hat sich der Zukunft verschrieben.

Himmler

WEITERER KOMMENTAR:

Ich habe dem Führer einen Ratschlag gegeben, und so werden unsere großen Armeen am Ende dieses Monats in Polen einfallen.

H.

8. August 1939

Von der Gestapo an den preußischen und Reichswissenschaftsminister:

Betrifft: Geheimsache Sechs

Ich habe noch einmal über die Affäre Fräulein Ilse Weber, nun Frau Kenrube, nachgedacht. In Anbetracht der Tatsache, daß sich eine Frau, mag sie noch so intelligent und objektiv sein, gefühlsmäßig für den Vater ihrer Kinder engagiert, möchte ich vorschlagen, Frau Kenrube einen leitenden Posten in der Kriegsindustrie zu übertragen. Das wird ihrem Patriotismus neue Nahrung geben, und auf diese Weise wird sie auch weiterhin starken Einfluß auf ihren Gatten nehmen. Ein solcher Einfluß kann gar nicht überschätzt werden.

Himmler

3. Januar 1940

Vom Sekretär des Physikalischen Instituts an den Chef der wissenschaftlichen Gestapo-Abteilung:

Während ich meine Korrespondenz durchsehe, stelle ich fest, daß ich es versäumt habe, Ihnen mitzuteilen, daß unser Agent Zwölf den verstorbenen Agenten Siebzehn als Kenrubes Chefassistent ersetzt hat.

Zwölf hat in München promoviert und war eine Zeitlang als technischer Experte für den Generalstab in Berlin tätig.

Meiner Meinung nach eignet er sich besser für unsere Zwecke als seinerzeit Siebzehn. Denn Siebzehn neigte gegen Ende offenbar dazu, sich mit Kenrube in einer Art wissenschaftlicher, intellektueller Kameradschaft zu verbünden. Diese innere Einstellung veranlaßte ihn, Kenrube unbewußt gegen unsere Verdächtigungen zu verteidigen.

Eine solche Situation wird nun, wo Zwölf seine Nachfolge angetreten hat, nicht entstehen. Er ist ein Pragmatiker bis in die Knochen. Er hat nichts mit Kenrube gemein.

Kenrube akzeptierte Zwölf mit einer Haltung, die in etwa ausdrückte: Was macht es schon aus, wen sie mir schicken? Dies war deutlich genug zu erkennen. Er weiß also, daß diese Männer unsere Agenten sind.

Falls Kenrube keinen Racheplan geschmiedet hat, der alle unsere Vorsichtsmaßnahmen zunichte machen würde, müßte das Bewußtsein, überwacht zu werden, all seine bösen Impulse unterdrücken.

August Buehnen

ANMERKUNG DES AUTORS: *Die meisten Briefe, die 1940 geschrieben wurden, weisen routinemäßige Züge auf. Sie enthalten großteils detaillierte Berichte über die Fortschritte der Maschinenproduktion. Doch das folgende Dokument stellt eine Ausnahme dar:*

17. Dezember 1940

Vom preußischen und Reichswissenschaftsminister an Herrn Heinrich Himmler:

Betrifft: Geheimsache Sechs

Die folgenden Arbeiten wurden nun auf Schloß Gribe fertiggestellt, wo sich die Kenrube-Maschine ihrer Vollendung nähert:

1. Überall wurden Stahltüren eingesetzt.
2. Eine Spezialstahlkammer wurde konstruiert, von der aus die Maschinenöffnung mittels diverser Spiegel beobachtet werden kann, ohne daß sich der Beobachter in Gefahr begibt.
3. Dieser Beobachtungsposten ist nur zwanzig Schritte von einer gepflasterten Straße entfernt, die auf direktem Weg aus dem Tal führt.
4. Eine Pipeline aus Beton, durch die das Öl transportiert werden soll, ist beinahe fertiggestellt.

August Buehnen

NOTIZ AM ENDE DES BRIEFES:

An Reinhard Heydrich:

Bitte, treffen Sie die nötigen Vorbereitungen, so daß ich das neubefestigte Schloß Gribe besichtigen kann. Hitler hegt die Absicht, der offiziellen Eröffnung beizuwohnen.

Es ist geplant, England im März mittels der Kenrube-Maschine einzunehmen, keinesfalls später als April. Angesichts der Verwirrung, die das Auftauchen starker Truppeneinheiten in allen Landesteilen auslösen wird, müßte diese Phase des europäischen Krieges Ende April abgeschlossen sein.

Im Mai soll Rußland eingenommen werden. Dies dürfte nicht länger als zwei Monate dauern. Die Invasion in den Vereinigten Staaten ist für Juli oder August geplant.

Himmler

31. Januar 1939

Vom Sekretär des Physikalischen Instituts an den Chef der wissenschaftlichen Gestapo-Abteilung:

Betrifft: Geheimsache Sechs

Es wird unmöglich sein, die fünf zusätzlichen Kenrube-Maschinen zur gleichen Zeit fertigzustellen wie die Maschine auf Schloß Gribe. Kenrube hat einige Pläne geändert, und unsere Ingenieure wissen nicht, wie sie die Einzelteile zusammensetzen sollen. Sie müssen erst einmal Kenrubes Verbindungsmethoden studieren.

Ich habe Kenrube persönlich nach dem Grund der Änderungen befragt. Er antwortete, er habe Schwachstellen ausgeschaltet, die er im Modell entdeckt habe. Ich fürchte, wir müssen uns mit dieser Erklärung zufriedengeben und die Duplikatmaschinen nach der offiziellen Eröffnung fertigstellen, die nicht vor dem 20. März stattfinden wird. Die Verzögerung ist auf Kenrubes Experimente zurückzuführen.

Wenn Sie irgendwelche Vorschläge haben, geben Sie mir bitte Bescheid. Offen gestanden, diese Verzögerung gefällt mir nicht, aber was soll man machen?

August Buehnen

3. Februar 1941

Vom Chef der wissenschaftlichen Gestapo-Abteilung an den Sekretär des Physikalischen Instituts:

Betrifft: Geheimsache Sechs

Himmler sagt, wir sollen nichts tun. Er hat festgestellt, daß Sie immer noch vorsichtshalber täglich Fotos machen lassen und daß Ihr Agent Zwölf, der Siebzehn ersetzt hat, ein Tagebuch in dreifacher Ausfertigung führt.

Bei einer Versammlung führender Persönlichkeiten wurde die ganze Angelegenheit diskutiert. Die Vorsichtsmaßnahmen wurden kritisch analysiert, ebenso die Situation, die entstehen würde, falls Kenrube Rachepläne schmieden sollte.

Es wird Sie sicher beglücken zu erfahren, daß keine einzige zusätzliche Vorsichtsmaßnahme erwähnt wurde, die man hätte ergreifen können, und daß man mit unserem Vorgehen sehr zufrieden war.

K. Reissel

18. Februar 1941

Von der Gestapo an den preußischen und Reichswissenschaftsminister:

Betrifft: Geheimsache Sechs

Angesichts unserer Sorgen wird Ihnen die folgende Information, die ich soeben erhalten habe, sehr willkommen sein:

Frau Kenrube, ehedem unsere Ilse Weber, hat ein Privatzimmer in der Geburtsabteilung des Preußischen Staatskrankenhauses reservieren lassen, und zwar ab 7. Mai. Sie wird ihr zweites Kind zur Welt bringen, eine weitere Geisel, um die Kenrube bangen muß.

K. Reissel

11. März 1941

KOPIE EINER NOTIZ

Habe heute Schloß Gribe und Umgebung inspiziert. Alles planmäßig fertiggestellt.

Himmler

14. März 1939

Vom Sekretär des Physikalischen Instituts an Herrn Himmler, Gestapo:

Betrifft: Geheimsache Sechs

Es wird Sie erleichtern, die Gründe der Änderungen zu erfahren, die Kenrube in den Plänen vorgenommen hat.

Der erste Grund ist eher unwichtig. Kenrube bezieht sich auf die mathematische Struktur und stellt fest, daß er, um selbst Erfahrungen zu sammeln, ein funktionelles Instrument entworfen hat, dessen einziger Zweck darin bestand, die mathematische Realität der Maschine zu besiegen. Das ist sehr obskur, doch er hat schon früher davon gesprochen, und deshalb möchte ich Ihre Aufmerksamkeit darauf lenken.

Der zweite Grund: Es gibt jetzt zwei Öffnungen. Die zusätzliche Öffnung ist für die Scharfeinstellung bestimmt. Das folgende Beispiel wird Ihnen klarmachen, was damit gemeint ist:

Angenommen, wir haben hunderttausend Lastwagen in Berlin, die wir nach London transportieren sollen. Nach der alten Methode müßten diese Laster erst einmal nach Schloß Gribe gefahren werden, bevor sie durch die Maschine weitergeleitet werden könnten.

Bei der neuen Maschine mit den zwei Öffnungen wäre die eine Mündung auf Berlin gerichtet, die andere auf London. Die Laster würden also direkt von Berlin nach London transferiert werden.

Herr Professor Kenrube scheint unsere Bedürfnisse zu erraten, bevor sie uns selbst bewußt werden.

August Buehnen

16. März 1941

Von der Gestapo an den Sekretär des Physikalischen Instituts:

Betrifft: Geheimsache Sechs

Der letzte Satz Ihres Schreibens vom 14. März bereitet mir großes Unbehagen, denn daraus ergibt sich naturgemäß die Frage: Errät er auch unsere Pläne?

Demzufolge muß ich feststellen, daß wir es eine Stunde vor zwölf mit einem Mann zu tun haben, der uns in jeder Beziehung intellektuell überlegen sein könnte. Weisen Sie Ihren Agenten an, uns sofort zu verständigen, wenn die Maschine die ersten Tests absolviert hat. Dann müssen sofort entscheidende Schritte unternommen werden.

Himmler

19. März 1941

DECHIFFRIERTES TELEGRAMM:

KENRUBE-MASCHINE GESTERN GETESTET. FUNKTIONIERT PERFEKT.
AGENT ZWÖLF

19. März 1941

KOPIE EINER MITTEILUNG AN HERRN HIMMLER:

Professor Johann Kenrube wurde festgenommen und ins Gestapo-Hauptquartier in Berlin gebracht.

R. Heydrich

19. März 1941

DECHIFFRIERTES TELEGRAMM:

IN BEANTWORTUNG IHRER TELEFONISCHEN INSTRUKTIONEN – ALLE AUTOMATISCHEN TEILE AUS KENRUBE-MASCHINE ENTFERNT. OFFENBAR NICHTS VERÄNDERT. HABE MASCHINE PERSÖNLICH GETESTET. ARBEITET PERFEKT.

ZWÖLF

KOMMENTAR:

Ich empfehle, Kenrube in sein Privatlabor zurückkehren zu lassen, aber streng zu bewachen. Bis zur Eroberung der Vereinigten Staaten darf er einer Hyperraum-Maschine nicht mehr in die Nähe kommen.

Ich weiß nicht, welche Vorsichtsmaßnahmen wir sonst noch ergreifen können. Meiner Ansicht nach haben wir allen Möglichkeiten Rechnung getragen. Der einzige gefährliche Mann wurde aus der Zone entfernt, wo er gefährlich werden könnte. Eine sorgfältige Untersuchung hat ergeben, daß sich keine automatischen Teile in der Maschine befinden, die eine Katastrophe verursachen könnten. Selbst wenn er irgendwelche uns unbekannte Änderungen an der Maschine vorgenommen hat – fünf weitere große und ein Dutzend kleine Maschinen nähern sich ihrer Fertigstellung, und es ist unmöglich, daß er sich daran zu schaffen gemacht hat.

Wenn jetzt noch irgend etwas schiefgeht, dann ist gründliche Vorbereitung ein bedeutungsloser Begriff.

Himmler

21. März 1941

Von der Gestapo an den Sekretär des Physikalischen Instituts:
Betrifft: Geheimsache Sechs

Alle Anklagen sind sinnlos. Ich will nur eins wissen – was, um Gottes willen, ist passiert?

Himmler

22. März 1941

Vom Sekretär des Physikalischen Instituts an Herrn Heinrich Himmler:
Betrifft: Geheimsache Sechs

Die Antwort auf Ihre Frage wird vorbereitet. Das große Problem liegt in der Verwirrung der Zeugen, aber es dürfte nicht mehr allzu lange dauern, bis wir Ihnen eine zusammenhängende Antwort geben können.

Die Arbeit an den Duplikatmaschinen wird nun mit größter Eile vorangetrieben, auf der Basis von Fotos und Plänen, die täglich neu angefertigt werden. Ich glaube nicht, daß auf lange Sicht etwas schieflaufen wird.

Was Nummer Eins betrifft – sollen wir Bomber einsetzen?

August Buehnen

23. März 1941

KOPIE EINER MITTEILUNG DES GESTAPO-GEFÄNGNISSES:

Die vier Agenten, Gestner, Luslich, Heinreide und Muemmer, die Herrn Professor Johann Kenrube bewacht haben, berichten, daß er sich am 21. März, um achtzehn Uhr, unter strengem Arrest im Berliner Hauptquartier befand und dann plötzlich verschwand.

S. Duerner

BEIGEFÜGTER KOMMENTAR:

Kenrube befand sich am 21. März, vor vierzehn Uhr, auf Schloß Gribe. Dies widerspricht der Version, daß er um achtzehn Uhr aus Berlin verschwunden ist. Verhaften Sie diese Schurken, und bringen Sie sie heute abend um acht zu mir.

Himmler

KOPIE VOM PROTOKOLL DES VERHÖRS F. GESTNERS DURCH HERRN HIMMLER:

Frage: Ihr Name?

Antwort: Gestner, Fritz Gestner. Seit über zwölf Jahren im Dienst.

Frage: Schweigen Sie! Wenn wir wissen wollen, seit wann sie Dienst tun, können wir das eruieren. Oder?

Antwort: Ja, mein Herr.

Frage: Das ist meine letzte Warnung. Sie werden nur meine Fragen beantworten, oder ich lasse Ihnen die Zunge herausschneiden. Verstanden?

Antwort: Ja, mein Herr.

Frage: Sie sind also einer von diesen Narren, die Kenrube bewacht haben?

Antwort: Ich war einer der vier Wachtposten, mein Herr.

Frage: Könnten Sie mit Ja oder Nein antworten?

Antwort: Ja, mein Herr.

Frage: Nach welcher Methode haben Sie Kenrube bewacht?

Antwort: Wir haben uns abgelöst. Zwei von uns waren ständig bei ihm in der Zelle.

Frage: Warum wart ihr nicht alle vier bei ihm?

Antwort: Wir dachten ...

Frage: Ihr habt gedacht! Vier Männer hatten die Order, Kenrube zu bewachen, und ... Bei Gott, es wird eine Menge Tote geben, bevor diese Nacht zu Ende geht. Nun möchte ich eines klarstellen: War Kenrube niemals allein in seiner Zelle? Nicht einmal für einen kurzen Augenblick?

Antwort: Zwei von uns waren immer bei ihm.

Frage: Wer war bei Kenrube, als er verschwand?

Antwort: Johann Luslich und ich.

Frage: Oh, Sie kennen Luslichs Vornamen? Ein alter Freund, nehme ich an?

Antwort: Nein, mein Herr.

Frage: Aber Sie haben Luslich schon vorher gekannt?

Antwort: Ich habe ihn zum erstenmal gesehen, als wir für die Überwachung Kenrubes eingeteilt wurden.

Frage: Schweigen Sie! Habe ich nicht gesagt, Sie sollen nur mit Ja oder Nein antworten?

Antwort: Ja, mein Herr.

Frage: Ah, Sie geben also zu, daß Sie ihn kennen?

Antwort: Nein, mein Herr. Ich meinte ...

Frage: Hören Sie, Gestner, Sie befinden sich in einer schlimmen Lage. Ihre Geschichte strotzt nur so vor Lügen. Sagen Sie mir die Wahrheit! Wer sind Ihre Komplicen?

Antwort: Niemand, mein Herr.

Frage: Sie haben es also allein gemacht?

Antwort: Nein, mein Herr.

Frage: Sie verdammter Lügner! Gestner, wir werden die Wahrheit aus Ihnen herauskriegen, und wenn wir Sie in Stücke reißen müssen!

Antwort: Ich sage die Wahrheit, bitte glauben Sie mir.

Frage: Schweigen Sie, Sie Abschaum! Wann verschwand Kenrube?

Antwort: Gegen sechs Uhr.

Frage: Ach, er verschwand also ganz einfach! Und was tat er davor?

Antwort: Er unterhielt sich mit Luslich und mir.

Frage: Welches Recht hatten Sie, mit dem Gefangenen zu sprechen?

Antwort: Mein Herr, er nahm an, daß bei irgendeiner offiziellen Eröffnungsfeier ein Unfall passieren würde.

Frage: Was?

Antwort: Ja, mein Herr. Ich versuchte verzweifelt herauszufinden, wo dieser Unfall passieren würde, um Sie rechtzeitig zu informieren.

Frage: Nun, jetzt kommt ja allmählich die Wahrheit ans Licht. Sie wissen also was von dieser Sache, Sie verlogene Ratte! Dann wollen wir mal die Geschichte hören, die Sie sich ausgedacht haben.

Antwort: Das Gespräch wurde auf Band aufgezeichnet.

Frage: Ah, das Tonbandgerät war also eingeschaltet?

Antwort: Jedes einzelne Wort wurde aufgenommen.

Frage: Warum hat man mir das nicht sofort gesagt?

Antwort: Sie wollten nicht auf mich hören und . . .

Frage: Seien Sie still, Sie Narr! Bei Gott, die Kooperation, die man hier findet! Nun, macht nichts. Was hat Kenrube in dem Augenblick getan, als er verschwunden ist?

Antwort: Er saß da – und redete.

Frage: Er saß da? Beschwören Sie das?

Antwort: Beim Führer.

Frage: Er rührte sich nicht von seinem Stuhl? Er ging nicht zu irgendeiner Öffnung?

Antwort: Ich weiß nicht, was Sie meinen, Exzellenz.

Frage: Nun, immerhin tun Sie so. Das wäre vorläufig alles. Sie stehen weiterhin unter Arrest. Glauben Sie nur ja nicht, daß wir schon mit Ihnen fertig sind! Das gilt auch für die anderen.

ANMERKUNG DES AUTORS: *Die zornige Verblüffung, die der sonst so ruhige Himmler bei diesem Verhör an den Tag legt, weist darauf hin, wie unsicher und verwirrt man in hohen Nazi-*

Kreisen war. Man kann sich vorstellen, wie Beschuldigungen und Gegenbeschuldigungen vorgebracht wurden und wie sie dann allmählich den furchtbaren Ernst der Lage erkannten.

24. März 1941

Von der Gestapo an den preußischen und Reichswissenschaftsminister.

Betrifft: Geheimsache Sechs

Anbei eine schriftliche Aufzeichnung der Tonbandaufnahme, die von dem Gespräch zwischen Professor Kenrube und seinen Wächtern gemacht wurde. Ein sorgfältiges Studium jedes einzelnen Worts, mit Kenrubes Äußerungen auf Schloß Gribe in Zusammenhang gebracht, könnte Aufschlüsse über seine wahren Absichten geben und außerdem den unglaublichen Vorfall erklären.

Ich erwarte ungeduldig Ihren vollständigen Bericht.

Himmler

SCHRIFTLICHE AUFZEICHNUNG DER TONBANDAUFNAHME P-679-423-1; GESPRÄCH ZWISCHEN PROFESSOR JOHANN KENRUBE UND SEINEN BEWACHERN IN DER WEISSEN ZELLE 26, 3/21/41:

(Anmerkung: K. bedeutet Kenrube, W einer der Wachtposten)

K: Ein Glas Wasser, junger Mann.

W: Dagegen läßt sich wohl nichts einwenden. Hier.

K: Es muß schon nach fünf sein.

W: Das brauchen Sie nicht zu wissen.

K: Nein, aber die Tatsache, daß es schon so spät ist, die ist sehr interessant. Wissen Sie, ich habe nämlich eine Maschine erfunden. Sie wird einen höchst seltsamen Eindruck machen, wenn sie gemäß den Gesetzen der realen Mathematik reagiert, die sich grundlegend von den Gesetzen der funktionellen Mathematik unterscheiden. Ich hoffe, Sie haben das Tonbandgerät eingeschaltet.

W: Was soll diese Bemerkung?

K: Junger Mann, es wäre besser, wenn das Tonbandgerät läuft. Ich beabsichtige über meine Erfindung zu sprechen, und Ihre Herren werden Ihnen bei lebendigem Leibe die Haut abziehen, wenn das nicht aufgenommen wird. Also, läuft das Gerät?

W: Oh, ich nehme es an.

K: Gut. Vielleicht kann ich meine Ausführungen beenden, vielleicht auch nicht.

W: Machen Sie sich keine Sorgen. Sie werden lange genug hier sein, um alles zu erzählen, was Sie auf dem Herzen haben. Nehmen Sie sich nur Zeit.

K: Ich hatte diese Idee schon, bevor mein Bruder bei der Säuberungsaktion exekutiert wurde, aber damals faßte ich das als Erziehungsabsicht auf. Später erkannte ich, daß es Rachegelüste waren. Ich haßte die Nazis und alles, wofür sie sich einsetzten.

W: Oh, tatsächlich? Sprechen Sie weiter.

K: Nach dem Mord an meinem Bruder plante ich, für die Nazis die größte Waffe zu bauen, die unsere Welt je gekannt hat. Danach wollte ich sie wissen lassen, daß nur ich, der das Wesen der Erfindung verstand und sich im Einklang mit den unabänderlichen Gesetzen befand, nach denen sie funktionierte – daß ich allein die Maschine bedienen konnte. Daß ich körperlich anwesend sein müßte. Auf diese Weise wollte ich meine Unentbehrlichkeit beweisen und die ganze Welt nach meinen Vorstellungen umformen.

W: Wir haben unsere Methoden, um unentbehrliche Leute zur Arbeit zu zwingen.

K: Oh, dieser Teil gehört der Vergangenheit an. Ich habe herausgefunden, was geschehen wird – mit mir und mit meiner Erfindung.

W: Sehr viel wird mit Ihnen geschehen. Sie haben bereits genug gesagt, um in einem Konzentrationslager zu landen.

K: Nachdem ich das erkannt hatte, war es viel einfacher geworden, mein Ziel zu erreichen. Ich wollte die vorbereitenden Arbeiten an meiner Maschine vornehmen, und da ich dabei von der Regierung überwacht würde, mußte ich natürlich die Tatsachen verdrehen. Ich hatte keine Angst, daß sie mit Hilfe ihrer umfangreichen Vorsichtsmaßnahmen herauskriegen würden, wie man die Maschine benutzen muß. Sie werden es nicht erfahren – nicht in diesem Jahr, nicht in dieser Generation, niemals. Die Maschine kann einfach nicht von Leuten benutzt werden, die so denken wie die Nazis. Zum Beispiel das Modell ...

W: Was für ein Modell? Wovon sprechen Sie?

K: Seien Sie bitte still! Ich bemühe mich, für die Tonbandaufnahme klarzustellen, was ohnehin schon obskur genug erscheinen wird. Das Modell funktionierte perfekt, weil ich geistig und körperlich darauf eingestimmt war. Auch nachdem ich es verlassen hatte, führte es die Aufgaben aus, auf die ich es programmiert hatte. Aber als Herr ... (Siebzehn) eine Veränderung vornahm, begann es einem anderen Druck nachzugeben. Der Unfall ...

W: Ein Unfall!

K: Halten Sie doch den Mund! Verstehen Sie denn nicht, daß ich diesem Volk eine Information geben will, die künftigen Generationen zum Wohle gereichen wird? Ich wünsche nicht, daß mein Geheimnis für immer unerkannt bleibt. Am wichtigsten ist das uneingeschränkte Verständnis. Dem mechanischen Teil kommt nur die Hälfte der Bedeutung zu. Die geistige Annäherung zwischen Maschine und Operateur ist unerläßlich. Nicht einmal Herr ... (Siebzehn), der mit mir zu sympathisieren begann, konnte die Vernunft der Maschine für eine Stunde aufrechterhalten. Sein Tod war natürlich unvermeidlich, ob es nun wie ein Unfall aussah oder nicht.

W: Wessen Tod?

K: Es kommt auf folgendes an: Meine Erfindung paßt nicht in Ihre Zivilisation. Sie ist für die kommende Generation bestimmt. Genauso wie sich die moderne Wissenschaft nicht im alten Ägypten entwickelt haben könnte, weil die ganze geistige, emotionale und körperliche Haltung nicht den richtigen Hintergrund dafür gebildet hat, genausowenig kann meine Maschine benutzt werden, bevor sich die Gedankenstruktur des Menschen ändert. Bald werden Ihre Herren genügend Fakten kennen, um mich zu tolerieren.

W: Hören Sie! Sie haben vorhin gesagt, daß irgend etwas passieren wird. Was?

K: Das habe ich Ihnen schon gesagt – ich weiß es nicht. Nach dem Gesetz des Zufalls wird kaum eine neue Sonne entstehen. Aber es gibt tausend andere tödliche Möglichkeiten. Wenn das Schema der Natur einen Riß bekommt, kann das zu unvorstellbar schrecklichen Resultaten führen.

W: Es wird also etwas geschehen?

K: Ich hatte erwartet, daß es schon früher dazu kommen würde. Die offizielle Eröffnung sollte um halb zwei stattfinden. Natürlich spielt das keine große Rolle. Wenn es heute nicht passiert – dann eben morgen.

W: Die Eröffnung? Sie meinen, daß bei irgendeiner offiziellen Eröffnungsfeier ein Unfall geschehen wird?

K: Ja, und mein Körper wird *angezogen* werden. Ich ...

W: Was ... Großer Gott! Er ist verschwunden!

(Verwirrung. Die Stimmen sind nicht mehr verständlich.)

25. März 1941

Vom preußischen und Reichswissenschaftsminister an Herrn Himmler:

Betrifft: Zerstörung von Schloß Gribe

Der Bericht ist noch immer nicht fertig. Da Sie nicht anwesend waren, bat ich den Journalisten Polermann, der mit Hitler gekommen war, die Szene schriftlich zu schildern. Sein Bericht liegt bei, allerdings fehlt die erste Seite.

Sie werden bemerken, daß er in einzelnen Absätzen seine unvollständige Kenntnis der Sachlage verrät, doch davon abgesehen ist seine Schilderung vermutlich die genaueste, die wir haben.

Die erste Seite seines Berichts wurde versehentlich vernichtet. Sie hatte nur einleitenden Charakter.

Zu Ihrer Information.

SCHILDERUNG DER ZERSTÖRUNG VON SCHLOSS GRIBE, BERICHT VON HERRN POLERMANN:

...Der erste Planet kam auf unerwartete Weise an. Das erkannte ich, als ich sah, wie Herr... (Zwölf) hastig auf ein paar Knöpfe drückte.

Immer noch unzufrieden, schob er einen Telefonstecker in eine Steckdose, die sich an seinem gespenstischen Asbestanzug befand. Dadurch stellte er eine Telefonverbindung mit dem Herrn Wissenschaftsminister her, der mit uns in der Stahlkammer saß. Ich hörte diesen antworten: „Nacht! Nun, irgendwann muß ja auch auf anderen Planeten Nacht sein. Sie sind nicht sicher, ob es derselbe Planet ist? Ich kann mir vorstellen, daß die Dunkelheit verwirrend wirkt."

So war es auch. Im Spiegel, der wiedergab, was durch die Öffnung sichtbar war, zeigte sich eine öde, graue, schimmernde Landschaft, unsagbar unheimlich und fremdartig, eine unnatürliche Welt voller sonderbarer Schatten. Nirgends war eine Bewegung zu entdecken.

Und der große Planet, der um eine ferne Sonne kreiste, ein unbewohntes Ödland, erinnerte uns auf grausige Weise an die Tatsache, daß das Leben im Universum seltener ist als der Tod. Herr... (Zwölf) drehte an einer Skalenscheibe, und augenblicklich zeigte der Spiegel das Innere des Planeten. Ein Scheinwerfer wurde eingeschaltet, sein Licht fiel auf eine feste Formation aus roter Erde, die sich langsam, während sich die Scheibe drehte, in Lehm verwandelte. Dann tauchte eine Felsschicht auf und wurde in unserem Blickfeld festgehalten.

Ein Assistent des Herrn... (Zwölf), der ebenfalls einen Asbestanzug trug, löste mit einer Hacke ein Stück von dem Felsen. Er griff danach, wollte es in die Stahlkammer bringen – offenbar, damit der Führer es inspizieren konnte.

Und dann verschwand er plötzlich.

Wir blinzelten. Aber er war tatsächlich verschwunden, und das Felsenstück mit ihm. Herr... (Zwölf) fing hastig zu telefonieren an. An dem Gespräch, das nun stattfand, nahm auch der Führer teil. Schließlich gelangte man zu der Überzeugung, daß es ein Fehler gewesen war, einen fragwürdigen Planeten zu besichtigen, und daß es zu dem Unfall kam, weil der Assistent das Felsenstück entfernt hatte. In Zukunft würde man nichts mehr anrühren.

Der Führer drückte sein Bedauern darüber aus, daß der tapfere Mann ein so mysteriöses Schicksal erlitten hatte.

Wir nahmen unsere Beobachtungsposten wieder ein und waren uns voll bewußt, welch monströses Instrument wir da vor Augen hatten. Ein Mann hatte sich in nichts aufgelöst – nur weil er ein Felsenstück im Hyperraum angefaßt hatte.

Auch der zweite Planet war dunkel. Zuerst sah er ebenfalls wie eine öde, kahle Welt aus, in Nacht gehüllt. Und dann – o Wunder – tauchte eine Stadt vor dem Hintergrund eines hohen, schwarzen Berges auf. Sie lag an der Küste eines mondbeschienenen Meeres und erstrahlte im Glanz vieler Millionen Lichter. Einen Augenblick breitete sie sich vor unseren Augen aus, eine kristalline Stadt, dann verblaßte sie. Es geschah ganz schnell. Die Lichter schienen buchstäblich im leuchtenden Meer zu versinken. Sekundenlang sahen wir noch die dunklen Umrisse der Stadt, dann verschmolzen sie mit den Schatten. Erstaunlicherweise verzerrte sich der dunkle Berg, der so einen großartigen Hintergrund für die Stadt gebildet hatte, wie ein unscharf eingestelltes Bild, dann verschwand er ebenfalls.

Ein flacher, nächtlicher Strand erschien an der Stelle, wo eben noch eine Welt von Lichtern erstrahlt war, die Stadt eines anderen Planeten, die Antwort auf zehn Millionen Fragen nach Leben auf anderen Sternen – alles war im Dunkel davongeweht worden, wie von einem geheimnisvollen Wind.

Es war offensichtlich, daß der Eröffnungstest nicht planmäßig verlief. Herr ... (Zwölf) telefonierte erneut mit dem Herrn Wissenschaftsminister.

Dieser wandte sich an den Führer und sagte: „Er meint, daß er keine Kontrolle mehr über die Reihenfolge der Erscheinungen habe. Es gelang ihm kein einziges Mal, uns auf einen der Planeten zu führen, die er vorher ausgewählt hatte.“

Eine weitere Besprechung fand statt. Man kam zu dem Schluß, daß der zweite Planet zwar abnorm reagierte, sich aber nicht als gefährlich erwiesen hatte. Deshalb beschloß man, noch einen Versuch zu wagen. Kaum hatte man diese Entscheidung getroffen, als auch schon ein deutlich hörbares Klicken aus der Maschine drang. Und damit hatte die Katastrophe begonnen, wenn wir das auch nicht sofort erkannten.

Ich kann den seltsamen Klang dieses Klickens nicht beschreiben. Es war kein metallisches Geräusch. Später erfuhr ich, daß nur eine ungeheure Energieentladung einen so ungewöhnlichen, beunruhigenden Lärm erzeugen kann.

Mein Unbehagen wuchs, als ich beobachtete, wie Herr ... (Zwölf) verzweifelt an den Skalenscheiben drehte. Ein paar Sekunden lang geschah nichts. Der Planet, auf dem wir die Stadt gesehen hatten, hing immer noch vor der Maschinenöffnung. Der dunkle Strand lag vor uns, im schwachen Schein eines Mondes, den wir nicht sehen konnten. Und dann ...

Eine Gestalt erschien in der Öffnung. Ich kann mich nicht an die Gefühle erinnern, die ich beim Anblick dieses menschenähnlichen Wesens empfand. Der wilde Gedanke, daß wir es hier mit einem Supergeschöpf zu tun hätten, schoß mir in den Kopf, mit einer Kreatur, die unzufrieden mit dem Leid war, das sie uns bisher angetan hatte, und nun zum letzten, vernichtenden Schlag ausholte. Doch dieser Gedanke wurde unterbrochen, als die Gestalt aus der Maschine stieg und ein Assistent einen Scheinwerfer auf sie richtete. In diesem Licht sahen wir einen großen, attraktiven Mann in gewöhnlicher Straßenkleidung.

Neben mir hörte ich jemanden rufen: „Das ist ja Professor Kenrube!“

In diesem Moment muß den meisten Anwesenden alles klar gewesen sein. Ich erfuhr allerdings erst später, daß Kenrube einer der Wissenschaftler war, die Herrn ... (Zwölf) bei der Konstruktion der Maschine geholfen hatten, und daß er später als Verräter entlarvt worden war. Man verdächtigte ihn, ein früheres Modell zerstört zu haben, aber es hatte keine Beweise gegeben, und der Verdacht war nur vage gewesen, so daß man ihm erlaubt hatte, weiterhin am Bau der Maschine mitzuarbeiten.

Erst ein paar Tage zuvor war ein neuer Verdacht aufgekommen, und man hatte ihn in sein Quartier verbannt, aus dem er nun offenbar aufgetaucht war, um sicherzugehen, daß seine Manipulationen an der Maschine ihre Wirkung tun würden. Dies also war der Mann, der nun vor uns stand. Ich finde, man hätte ihm nicht erlauben dürfen, all diese blasphemischen Äußerungen von sich zu geben, aber ich vermute, daß sich die Regierungsmitglieder über das Ausmaß seiner Infamie informieren wollten und hofften, er würde diesbezüglich einige Enthüllungen machen. Wenn ich auch nicht behaupte, daß ich das ganze Kauderwelsch verstanden habe, so kann ich mich doch genau an alles erinnern, was er sagte, und schreibe es im folgenden nieder.

Kenrube begann: „Ich weiß nicht, wieviel Zeit ich noch habe, und ich war nicht imstande, alles auf Band zu sprechen, was ich Ihnen mitteilen muß. Ich muß versuchen, meine Ausführungen jetzt zu Ende zu bringen. Ich hege keine Rachegefühle mehr, obwohl ich meinen Bruder weiß Gott geliebt habe. Ich will nur noch, daß die Welt meine Erfindung begreifen lernt."

Der arme Narr war anscheinend in dem Wahn befangen, er habe die Maschine erfunden. Ich verstand nicht, was er damit meinte, er hätte irgend etwas auf Band gesprochen, und verstehe es noch immer nicht. Kenrube fuhr fort:

„Meine erste Inspiration hatte ich durch die Psychologie. Dies war das Resultat meiner Meditation über die Art des Einflusses, den der Boden in verschiedenen Erdteilen auf die Rassen nimmt, die dort leben. Dieser Einfluß äußert sich nicht nur in der Gestaltung einer Küste, einer Ebene oder eines Berggebiets. Es gibt noch andere sonderbare, unvermutete Beziehungen zwischen der Materie und dem Phänomen des Lebens. Und so war das Thema meiner Forschungen entstanden. Die Rachegelüste kamen erst später.

Ich könnte sagen, daß es im ganzen Lauf der Geschichte

keine Rache gegeben hat, die so perfekt gewesen wäre wie die meine. Hier ist eure Maschine. Sie gehört euch, ihr könnt sie nutzen, wie ihr wollt – vorausgesetzt ihr ändert erst einmal eure Denkungsart, so daß sie sich der Realität der Beziehungen zwischen Materie und Leben anpaßt.

Ich bezweifle nicht, daß ihr ein paar tausend Duplikate bauen könnt – aber da sei Gott vor, denn jede Maschine wäre ein Frankenstein-Monstrum. Einige werden die Zeit verzerren, so wie es offenbar im Augenblick meiner Ankunft in diesem Raum geschehen ist. Andere werden euch Rohmaterial liefern, das verschwinden wird, noch bevor ihr es anfassen könnt. Andere werden obszöne Wesen auf eurer grünen Erde aussetzen, wieder andere werden ungeheure Energien verströmen. Und ihr werdet niemals wissen, was geschehen wird, und euch keinen einzigen Wunsch erfüllen können.

Ihr fragt euch sicher, was schiefgegangen ist. Herr... (Zwölf) war sicher in der Lage, kurze, erfolgreiche Tests vorzunehmen. Dies war das Resultat meiner früheren Anwesenheit, und das wird nicht mehr vorkommen, nachdem so viele fremde Einflüsse die Vernunft der Maschine beeinträchtigt haben.

Es ist nicht so, daß die Maschine einen eigenen Willen besitzt. Sie funktioniert nach Gesetzen, die ihr lernen müßt, und während dieses Studiums wird sich eure Denkweise, eure Einstellung zum Leben, ändern. Und so wird die Maschine die Welt verändern. Die Nazis sind einen Weg gegangen, auf dem es keine Umkehr gibt, und das wird zu ihrer sicheren Zerstörung führen.

Rache! Ja, ich räche mich auf die einzig anständige Methode. Ich frage jedes vernunftbegabte Wesen, wie man sonst diese Mörder von der Erdoberfläche fegen kann – wenn nicht durch andere Nationen, die sich erst einschalten, wenn man sie angegriffen hat?

Ich habe nur eine vage Vorstellung von dem, was die Maschine mit mir machen wird – das spielt keine Rolle. Doch ich möchte Ihnen eine Frage stellen, mein großer Führer. Woher werden Sie nun Ihr Rohmaterial nehmen?"

Er muß seinen Auftritt genau getimt haben. Denn als er zu Ende gesprochen hatte, verblaßte seine Gestalt. Sie verblaßte – wie sonst soll ich den verschwommenen Fleck beschreiben, in den er sich verwandelte? Und dann war er verschwunden, verschmolzen mit der Materie, mit der, wie er behauptet hatte, seine Lebenskraft verbunden war.

Der Wahnsinnige hatte noch eine weitere monströse Überraschung für uns vorbereitet. Der dunkle Planet, auf dem sich die Stadt in Luft aufgelöst hatte, war vor der Maschinenöffnung verschwunden. An seiner Stelle erschien eine andere dunkle Welt. Als sich unsere Augen an die Schatten der neuen Nacht gewöhnt hatten, sahen wir, daß diese Welt aus wildbewegten Gewässern bestand. Bis zum fernen, verschleierten Horizont wogte eine blauschwarze See. Die Maschine führte uns unter die Oberfläche des Planeten – mindestens zehn höllische Kilometer tief, nach dem Druck zu schließen, wie ich später informiert wurde.

Dann ertönte ein Dröhnen, das die Erde zu erschüttern schien.

Nur wir, die wir mit dem Führer in der Stahlkammer saßen, kamen mit dem Leben davon. Fünf Meter entfernt stand ein großer Armeelaster mit laufendem Motor. Ich war nicht zum erstenmal dankbar für die Gepflogenheit, stets ein paar Wagen mit laufenden Motoren stehen zu lassen, wo immer sich der Führer aufhält.

Das Wasser stieg an und umspülte die Räder, als wir die neugepflasterte Straße hinaufrasten, die aus dem Tal führte. Wir entkamen nur um Haaresbreite und blickten in nacktem Entsetzen zurück. Nie zuvor hat es einen solch titanischen Wirbelstrom, so wilde, wütende Wassermassen auf der Welt gegeben.

Das Wasser stieg pro Minute um hundert Meter, drohte die Ränder des Tals zu überfluten. Dann hatte es seinen höchsten Stand erreicht. Der breite neue Fluß ist immer noch da, braust in reißender Strömung zur Ostsee.

ANMERKUNG DES AUTORS: *Dies ist noch nicht das Ende der Akte. Es existieren ein paar weitere Briefe, aber es wäre unklug, sie zu veröffentlichen. Denn sonst hätte die deutsche Geheimpolizei die Möglichkeit, die Person aufzuspüren, die den Aktenordner ,Geheimsache Sechs' aus dem Schrank entfernt hat.*

Man muß wohl nicht darauf hinweisen, welche Antwort Hitler auf die Frage Professor Kenrubes gab, woher er in Zukunft sein Rohmaterial nehmen würde.

Am 22. Juni, fast auf den Tag genau drei Monate nach der Zerstörung des Schlosses Gribe, begannen die Nazis ihren verzweifelten Angriff auf Rußland. Ende 1941 war ihre Diplomatie bankrott, und sie führten Krieg mit den Vereinigten Staaten.

Barry Malzberg, geb. 1939, hat über dreißig SF-Bücher veröffentlicht, seit er sich 1967 zum erstenmal auf dieses Literaturgebiet wagte. Viele dieser Werke folgen der Science Fiction-Tradition, die Ängste und Entfremdung des Menschen im zwanzigsten Jahrhundert zu erforschen. Aber einige gehören zu den traditionsfeindlichsten (und besten) dieses Genres – besonders hervorragend sind die Guernica Night *(1974),* Herovit's World *(1973), der Roman* Beyond Apollo *(1972), der einen Preis gewann, und* The Falling Astronauts *(1971).*

After the Great Space War *(aus der Originalanthologie* Alternities, *1974) behandelt einige seiner Hauptthemen und weist all die besonderen Qualitäten auf, die sein Schaffen einzigartig und bedeutend machen.*

Barry N. Malzberg

Nach dem großen Krieg im All

AFTER THE GREAT SPACE WAR

Gentlemen!

Nun, hier stehe ich im Herzen des Rigelischen Systems, eines schönen, großen Systems, in der Tat, zusammengesetzt aus Doppelsternen und einem veritablen Wald von Planeten und einem hübschen kleinen Planeten, den Sie sich ausgesucht haben, sehr geeignet für eine Eroberung – bewohnt von reizenden, rothäutigen Eingeborenen, die ein musikalisches Kauderwelsch sprechen (wupp-a-bi-ba; a-wupp-adi-*du*) und in den Büschen ihrer Welt wie Vögel zwitschern. Wie Sie sehen, kommt in meiner Analyse kein Fremdenhaß vor, und die Warnungen und Beschuldigungen, die zum Zeitpunkt der Einschiffung ausgesprochen wurden, waren *völlig* unfair. Ich *liebe* meinen Beruf als interstellarer Späher, und ich bin begeistert vom Rigelischen System. Ich finde diese Eingeborenen unglaublich klug und amüsant, wenn wir bisher auch keine besonders engen Kontakte hatten und ich bisher nur einen Bruchteil ihrer Sprache verstehen konnte, mit Hilfe von Induktivgeräten. Dadurch gestaltet sich die Konversation ziemlich schleppend. Die Abende verbringe ich in dieser Kapsel, die vor dem Hintergrund des Himmels liegt, wie auf einem Operationstisch. An den Vormittagen und Nachmittagen schlendere ich durch die Wälder dieses Planeten, singe mit den Eingeborenen einsilbige Lieder (a-ba-*bu*-dupp) und überreiche ihnen den hübschen interstellaren Tand, mit dem ich so vorsorglich ausgerüstet wurde. Diese simplen Gemüter sind davon ganz hingerissen.

Der Job läßt sich einfach und flüssig, flüssig und einfach erledigen, und ich nehme an, daß die Flotte in drei Tagesperioden landen kann. Bis dahin werde ich mich weiterhin bemühen, ihr Vertrauen zu gewinnen. Sie scheinen zu glauben, daß ich einer ihrer Götter bin, der Gestalt angenommen hat, und wenn ich mich auch an die Problematik einer solchen Reaktion erinnere, vor der wir gewarnt wurden (Aufstände, Verzweiflung, Massenhysterie, Rückkehr zur Barbarei), bin ich sicher, daß man diese Schwierigkeiten ebenso meistern kann, wie sie auch anderswo gemeistert wurden. Es gibt hier etwas, das sich Zeremonie der Gelenke nennt (eine sehr freie Übersetzung ihres Singsangs, aber die beste, die ich anzubieten habe), und sie wollen, daß ich daran teilnehme. Aber wenn es Ihnen nichts ausmacht, möchte ich darauf verzichten. Vorerst. Wie Sie sich erinnern werden, zog ich mir bei der letzten Zeremonie vor drei Planeten eine sehr böse Erkältung zu, ebenso stiegen bescheidene Gefühle der Unzulänglichkeit in mir auf, die ich immer noch nicht ganz überwunden habe.

Wilson

NEHMEN SIE AN SOGENANNTER ZEREMONIE DER GELENKE TEIL! LEBENSWICHTIG! VEREINIGUNG MIT UNTERGRUPPEN MUSS UM JEDEN PREIS AUF NATÜRLICHE WEISE ERFOLGEN. ZEREMONIE IST WAHRSCHEINLICH TEIL EINES ESSENTIELLEN RITUALS. EINLADUNG BE-

DEUTET, DASS IHR VERTRAUEN GEWONNEN IST. ZIEREN SIE SICH NICHT, WILSON, DIE SCHWIERIGKEITEN DER VERGANGENHEIT WERDEN SICH NICHT WIEDERHOLEN – DIE SCHWIERIGKEITEN, AUF DIE MAN IN DIESER ÜBERTRAGUNG NICHT NÄHER EINZUGEHEN BRAUCHT.

HAUPTQUARTIER

An das Hauptquartier:

Ja, Gentlemen, ich verstehe, und ich mache keine Wellen. Wirklich nicht (ich kenne die Bedingungen meiner Probezeit, eine Angelegenheit, auf die ich in dieser Übertragung nicht unbedingt eingehen muß, um Sie zu zitieren). Aber es ist keineswegs Fremdenhaß, der mich zögern läßt, an dieser Zeremonie der Gelenke teilzunehmen, sondern ein gewisses scheues Widerstreben, eine Bescheidenheit des Geistes, wenn Sie so wollen. Wie kann ich dieses *je ne sais quoi* erklären? Woher soll ich wissen, was bei dieser Zeremonie geschehen wird? Sie ignorieren meine Fragen. (Die Übersetzung ist in der Tat sehr frei, der Name gibt gewiß keine Hinweise. Gelenke. *Gelenke?* Ich bin bereit weiterzumachen, abwechselnd voller Aufrichtigkeit und Arglist, nach bester interstellarer Spähertradition, standfest und verläßlich – aber wollen Sie wirklich, daß ich mich darauf einlasse? Der Himmel ist herrlich azurblau (das kann ich Ihnen versichern) oder pastellblau wie die Augen meiner vielen Liebsten und rot bei Nacht während des Sechzehn-Stunden-Zyklus, und der Klang ihrer Stimmen erfüllt die idyllische Lichtung, auf der ich gelandet bin, unaufhörlich mit Musik. Ich bin glücklich hier, Gentlemen, glücklich! Und ich liebe die Eingeborenen und akzeptiere die Lebensumstände hier – aber glauben Sie allen Ernstes, daß sich das Risiko lohnt?

Kommen Sie – was hat die Zeremonie der Gelenke mit Ihren Eroberungsplänen zu tun? Ich denke, die Flotte kann sofort landen – *jetzt.* Aber ich warte wie immer auf Ihre Anweisungen, wenn ich auch spüre, daß unsere Beziehungen das gegenseitige Verständnis, nach dem ich von Anfang an gestrebt habe, noch nicht ganz erreicht hat – und, wie ich fürchte, nie erreichen wird. Ich erinnere Sie daran, daß der Großteil der peinlichen Schwierigkeiten, auf die diskreterweise keiner näher eingehen will, durch die Aufrichtigkeit meiner Versuche verursacht wurde, mich Ihren Wünschen zu fügen. Ich habe mich *bemüht.* Ich habe mich so sehr bemüht.

Wilson

SIE ARMER NARR, SIE VERSCHWENDEN IHRE UND UNSERE ZEIT! SIE BEFINDEN SICH AUF EINEM OPTIMALEN BEOBACHTUNGSPOSTEN, UND IHR ZÖGERN KOSTET GELD. NEHMEN SIE SOFORT AN DER ZEREMONIE TEIL! SOFORT! VERSTANDEN? DANACH WERDEN SIE NACH DEN BERECHNUNGEN UNSERES SOZIOPATHOLOGEN DIE HÖCHSTMÖGLICHE INTEGRATION ERREICHT HABEN, WAS SICH NACH DER LANDUNG ALS NÜTZLICH ERWEISEN WIRD. LASSEN SIE DEN UNFUG, WILSON, WIR WERDEN DAS NICHT MEHR DULDEN. GEHEN SIE NACH DER METHODE DER INFARZIERUNG VOR!

HQ

Freunde,

Infarzierung?

Also, wissen Sie, ich *will* nicht an der Zeremonie der Gelenke teilnehmen. Habe ich mich nicht klar ausgedrückt? Außerdem habe ich seit unserem letzten Kontakt, nachdem sich die Übersetzungsmaschine warmgelaufen hatte, einige neue und reichlich ominöse Anhaltspunkte bezüglich der Zeremonie gefunden. Offenbar handelt es sich um ein Geburtsritual oder eine Art Neuauflage eines vergangenen Lebens, wobei die Teilnehmer mit Kräutern und Arzneien vollgestopft werden und durch *Flammen* gehen müssen. Ich bezweifle, daß ich das überleben würde, obwohl mir die Absichten durchaus gutherzig erscheinen.

Hören Sie, ich empfinde keinen Fremdenhaß. Ich liebe *alle* Fremden, und ich bin bereit, auch diese zu lieben, und ich will meinen Job besser denn je erledigen – nicht zuletzt, weil ich mich, wie Sie wissen, dem Termin nähere, wo ich zum Dank für mein Durchhaltevermögen befördert werde, ob's nun eine

Probezeit ist oder nicht. Deshalb will ich Ihnen möglichst keine Schwierigkeiten machen. Aber sind Sie sicher – ich meine, sind Sie wirklich sicher, daß ich an dieser Zeremonie teilnehmen soll?

Hören Sie, ich glaube, daß ich ihr Vertrauen bereits gewonnen habe. Jetzt bringen sie *mir* Geschenke. Pflanzen und Tiere, die sich kaum von den Eingeborenen unterscheiden, drängen sich buchstäblich um meine Kapsel, und wir quatschen uns allabendlich durch die Luken an (wa-baba-bip; la-lo-*ka*). Ich glaube, es wird Zeit, daß die Flotte landet. Die Methode der Infarzierung, was immer das sein mag, ist sicher großartig, und ich bin bereit, ihr mein Leben zu weihen, aber muß das unbedingt schon jetzt sein? Mein Leben! Das will was heißen. Denken Sie darüber nach, Freunde. Ich schätze das HQ über alle Maßen, sogar noch höher als meine bescheidene Wenigkeit, wenn ich bedenke, wieviel man in mein Training investiert hat. Aber ich glaube nicht, daß es diesmal ratsam ist, die Methode der Infarzierung anzuwenden.

Vielleicht könnten Sie landen, bevor sie die Zeremonie der Gelenke benutzen, um meine Aufrichtigkeit und die Vorteile, die ich ihnen bringen könnte, zu testen. Das haben sie bisher nicht getan. Sie befehlen mir nicht, an der Zeremonie teilzunehmen. Darf ich das wiederholen? *Sie befehlen mir nicht, an der Zeremonie teilzunehmen.* Sie bitten mich nur inständig, genauso wie ich inständig um diesen Auftrag gebeten habe, um meinen guten Willen zu beweisen, was ich bisher mit Erfolg getan habe, wie Sie zugeben müssen. Sie müssen mir glauben, Freunde – diese Leute lieben mich.

Lassen Sie mich die Sache auf meine Weise zu Ende führen. Ich werde ihnen erklären, daß der menschliche Stoffwechsel diese Kräuter und Arzneien nicht vertragen würde, und während sie darüber nachdenken, kann die Flotte landen und den Job endgültig erledigen.

Übrigens können Sie die Flotte sofort losschicken. Überlassen Sie alle Entschuldigungen und Erklärungen mir. Ich werde mich an meinen Teil der Abmachung halten, erfüllen Sie Ihren

Teil. Ich finde, jetzt ist der ideale Zeitpunkt, um zu landen. Lassen Sie mich in dieser Stunde der Not nicht im Stich, Gentlemen. Ich rechne mit Ihrem Verständnis. Schicken Sie die Flotte!

Wilson

SIE WERDEN AN DER ZEREMONIE DER GELENKE TEILNEHMEN, UND ZWAR SOFORT.

SIE NARR, EINE WELT STEHT AUF DEM SPIEL. WOFÜR HALTEN SIE SICH, DASS SIE ES WAGEN, DIE EROBERUNG EINER WELT ZU GEFÄHRDEN, DIE SICH ALS SO WERTVOLL ERWEISEN KÖNNTE WIE DIESE? AUFGRUND DER BERICHTE GEHEN WIR KEIN RISIKO EIN. WILSON DER SPÄHER IST UNTER SOLCHEN UMSTÄNDEN ENTBEHRLICH! SPÄHER SIND IMMER ENTBEHRLICH. SIE WISSEN DAS, UND DAS IST AUCH DIE BEDINGUNG, UNTER DER SIE GEARBEITET HABEN. ES WIRD ZEIT, DASS SIE DIE VERANTWORTUNG FÜR DEN JOB AKZEPTIEREN, UM DEN SIE, WIE WIR SIE ERINNERN WOLLEN, GEBETTELT HABEN! SIE WOLLTEN JA UNBEDINGT EINE ALLERLETZTE CHANCE HABEN, IHRE QUALITÄTEN BEWEISEN ZU KÖNNEN. NEHMEN SIE AN DER ZEREMONIE TEIL, SCHICKEN SIE UNS EINEN AUSFÜHRLICHEN BERICHT, UND DANN WIRD ES UNSERE ENTSCHEIDUNG SEIN, EINZIG UND ALLEIN UNSERE ENTSCHEIDUNG, WANN UND WO DIE FLOTTE LANDEN WIRD.

HQ

Gentlemen,

Sie wissen nicht, was Sie von mir verlangen. Viel, viel mehr, als Sie denken! Ich glaube nicht, daß Sie verstehen werden, was für ein Opfer ich bringe. Okay, Sie sollen Ihren Willen haben. Es wird Ihnen noch leid tun. Bald wird Sie das schlechte Gewissen plagen, und Sie werden bereuen, daß Sie mich dazu gezwungen haben. Trotzdem werde ich es tun. Fragen Sie nicht, was ich jetzt für Sie tun kann, fragen Sie lieber, was Sie für mich tun können. Es ist bald soweit.

Wilson

SIE HABEN DIE RICHTIGE ENTSCHEIDUNG GETROFFEN, UND WIR MÖCHTEN IHNEN GRATULIEREN, WEIL SIE SICH ENDLICH AUF REALISTISCHE WEISE IN IHRE LAGE FÜGEN. WIR WUSSTEN JA, DASS WIR LETZTEN ENDES MIT IHNEN RECHNEN KÖNNEN. WIR ERWARTEN MIT GROSSEM INTERESSE IHREN AUSFÜHRLICHEN BERICHT ÜBER DIE ZEREMONIE DER GELENKE!

HQ

HABEN SCHON SEIT ZWEI ZYKLEN KEINEN BERICHT ERHALTEN! HABEN SIE AN DER ZEREMONIE DER GELENKE TEILGENOMMEN? WIR WÜNSCHEN SOFORTIGEN BERICHT. ENTFERNEN SIE SICH MIT EINER ENTSCHULDIGUNG VON DER FEIER, FALLS SIE NOCH ANDAUERT, UND INFORMIEREN SIE UNS. WIR WARTEN.

HQ

ZWEI WEITERE ZYKLEN SIND VERSTRICHEN, UND DER DRITTE ZYKLUS HAT BEREITS BEGONNEN. DER DRITTE, SIE NARR! DIE MONITOREN ZEIGEN AN, DASS SIE AM LEBEN SIND, UND ZWAR ZIEMLICH INTENSIV. ATMUNG, PULS, HERZSCHLAG UND ALLE ANDEREN FUNKTIONEN SIND NORMAL ODER INNERHALB NORMALER GRENZEN. HÖREN SIE AUF, SICH VOR UNS ZU VERSTECKEN, WILSON, UND MELDEN SIE SICH SOFORT!

HQ

An das Hauptquartier:

Blasen Sie die Landung ab. Dieser Planet ist für die menschliche Lebensform ungeeignet.

James O. Wilson

WOVON REDEN SIE, WILSON? DIE FLOTTE BEFINDET SICH SCHON SEIT GERAUMER ZEIT IN EINEM NAHEN ORBIT. WIR HABEN VIEL ZEIT VERSCHWENDET, ZUVIEL SPEZIELLE ÜBERZEIT. WARUM IST DER PLANET FÜR DIE MENSCHLICHE LEBENSFORM UNGEEIGNET? SIE HABEN DOCH BISHER ÜBERLEBT.

HQ

WEGEN IHRER WEIGERUNG ZU ANTWORTEN WIRD IHNEN DER KOMMANDANTENRANG ABGESPROCHEN, UND ZWAR VON DEM ZEITPUNKT AN, DA SIE DIESE ÜBERTRAGUNG ERREICHT, ALSO SOFORT. DIE ENTSCHEIDUNG ZU LANDEN WURDE UNABHÄNGIG VON IHNEN GETROFFEN. SIE WERDEN SICH DEM FLOTTENKOMMANDANTEN ÜBERANTWORTEN, DER SIE ARRETIEREN WIRD, UND WIR WERDEN UNS UM SIE KÜMMERN, WENN SIE AUF DAS SCHIFF ZURÜCKKEHREN. OH, WIE WIR UNS UM SIE KÜMMERN WERDEN, WENN SIE ENDLICH WIEDER AN BORD SIND!

HQ

An das feindliche Hauptquartier:

Meine Truppen und ich werden bis zum letzten Mann kämpfen, um jeden Preis, ohne Rücksicht auf Verluste, um die Invasoren zurückzuschlagen und die Integrität unserer Welt zu wahren.

James O. Wilson

AN DEN FLOTTENKOMMANDANTEN:

LANDEN SIE! LANDEN SIE SOFORT! DIESE ORDER HEBT ALLE ANDEREN INSTRUKTIONEN AUF UND MUSS SOFORT BEFOLGT WERDEN! UNTER ALLEN UMSTÄNDEN! LANDEN SIE, UND NEHMEN SIE ALLES FEST, WAS SICH BEWEGT.

HQ

An das Hauptquartier:

Flotte gelandet, Planet um 1400 Zyklus 23 erobert. Wir haben die Bevölkerung und das Terrain unter Kontrolle, wobei sowohl das eine als auch das andere einen höchst erfreulichen Eindruck macht. Wir haben keine feindlichen Aktionen zu melden, nicht einmal das geringste Anzeichen von Feindseligkeit. Diese Leute sind unsere Freunde. Alles ist in bester Ordnung. Nun werden wir einer besonderen Einladung der Anführer Folge leisten und an der Zeremonie des Verschwindens teilnehmen. (Dies ist eine freie Übersetzung. Die Übersetzungsgeräte sind noch nicht sensitiv genug, um die feineren

Sprachnuancen zu interpretieren, aber man weiß ungefähr, was gemeint ist. Bald werden wir von unserer erfolgreichen Teilnahme an der Zeremonie berichten. Die Infarzierung ist im Gange. Es ist nicht nötig, die zweite Divsion zu schicken.

Der Kommandant

TUN SIE ES NICHT... WIEDERHOLE... TUN SIE ES NICHT... WIEDERHOLE... TUN SIE ES NICHT! WO IST WILSON? NEHMEN SIE NICHT AN DER ZEREMONIE TEIL! DIES IST EIN AUSDRÜCKLICHER BEFEHL! WO IST WILSON? WARUM HABEN SIE DEN PLANETEN NICHT FEST IN DER HAND? WARUM NEHMEN SIE AN EINER ZEREMONIE TEIL? EXPRESSORDER: SIE WERDEN ES NICHT TUN! ERSTATTEN SIE SOFORT BERICHT! ZWEITE DIVISION UNTERWEGS! WIRD IN ZWÖLF ZYKLEN LANDEN UND BRANDAKTION DURCHFÜHREN. WENN SIE NICHT ALLE KOOPERIEREN.

HQ

Freunde,

die Zeremonie des Verschwindens ist bezaubernd. Sie ist alles, was wir uns nur wünschen konnten, und noch viel mehr. Wir warten voll freudiger Ungeduld auf die versprochene Parade der Farbflecken, die, wie uns gesagt wurde, die Wirkung der Zeremonie des Verschwindens weit in den Schatten stellen soll. Ebenso wie die Zeremonie des Verschwindens die Zeremonie der Gelenke bei weitem an Großartigkeit übertrifft.

Der Planet ist unter Kontrolle, und während wir auf die Parade der Farbflecken warten, warten wir auch auf die Ankunft der zweiten Division und der Siedler. Die Siedler sind wichtig. Schicken Sie uns Siedler. Schicken Sie uns sechstausend Siedler. Der Planet ist unter Kontrolle und erwartet sie alle. Schicken Sie uns ganze Schiffsladungen. Sie können aus allen Systemen zu uns kommen. Verbreiten Sie die Nachricht, daß hier eine grüne, harmlose Welt wartet. Der Planet, das Klima, die wunderbaren Lebensbedingungen und die Eingeborenen, die sich uns völlig unterworfen haben – das alles ist wunderbar. Schicken Sie sofort die ersten sechstausend Siedler! Wenn sie früh genug eintreffen, können sie gemeinsam mit uns die Parade genießen. Beeilen Sie sich!

Der Kommandant

ISOLIEREN SIE DEN PLANETEN, UND BEREITEN SIE DIE BRANDAKTION VOR! WIR HABEN KEINE ANDERE WAHL ... WIEDERHOLE ... WIR HABEN KEINE ANDERE WAHL! BEGINNEN SIE SOFORT MIT OPERATION ROSA!

HQ

Wir freuen uns schon auf die Siedler. Wir haben ihnen Plätze für die Parade reserviert. Hoffentlich kommen sie rechtzeitig an! Wir warten auf sie, und wir bestehen darauf, daß Sie die Siedler sofort zu uns schicken, hören Sie? Sofort! Wuppa-ba-bi-do-di-wamm-bamm-*bumm!*

„Christopher Anvil" (sein richtiger Name lautet Harry Crosby) war einer der populärsten und produktivsten Autoren des Analog Science Fiction*-Magazins von der Mitte der fünfziger bis zum Ende der sechziger Jahre. Sein Werk umfaßte Gesellschaftssatire und Extrapolation. Nur wenige Schriftsteller besaßen wie er die Gabe zu zeigen, wie kleine Veränderungen in der Gesellschaftsstruktur die profunde Transformation eines ganzen Systems bewirken können.*

The Prisoner *(*Astounding, *Februar 1965) ist die erste Story, die er veröffentlicht hat, ein kompliziertes, exzellentes Beispiel der Notizenerzählung.*

Christopher Anvil

Der Gefangene

THE PRISONER

ROUTINE 04-12-2308-1623TCT STAB
COMGEN IV AN OP-CHEF GS CAPITOL
ERSUCHE UM ERLAUBNIS MIT VERTEIDIGUNGSLINIE ZU SYSTEM CODE R3J RPT R3J VORZURÜCKEN

ROUTINE 04-13-2308-0715TCT STAB
OP-CHEF GS CAPITOL AN COMGEN IV
ERLAUBNIS MIT VERTEIDIGUNGSLINIE ZU SYSTEM CODE R3J RPT R3J VORZURÜCKEN VERWEIGERT

DRINGEND 0-14-2308-150TCT PERSÖNLICH
COMGEN IV AN OP-CHEF GS CAPITOL
STINKO IST ES UNBEDINGT ERFORDERLICH DASS ICH R3J RPT R3J ÜBERNEHME BEVOR DIE FREMDEN EINTREFFEN STP DU WEISST WIE GROSS MEINE FLOTTE IST STP LIEBE GRÜSSE AN TANYA UND DIE KINDER STP MART MARTIN M GLICK COMGEN IV

ROUTINE 04-15-2308-0730TCT PERSÖNLICH
OP-CHEF GS CAPITOL AN COMGEN IV
TUT MIR LEID MART KANN DIR DAS NICHT ERLAUBEN STP R3J RPT R3J IST EINE HARTE NUSS UND DU HAST NICHT GENUG ZEIT UM SIE ZU KNACKEN STP EINZIGES QUADRIT IM SYSTEM AUF FÜNFTEM PLANETEN STP ZWEI VERSUCHE FÜNFTEN PLANETEN EINZUNEHMEN ABORTIERT STP SYSTEM ALS GANZES OHNE QUADRIT NICHT FUNKTIONSFÄHIG UND DU WEISST DASS WIR DICH VON HIER AUS NICHT MIT PROVIANT VERSORGEN KÖNNEN STP KÖNNEN NICHT ZULASSEN DASS DEINE STREITKRÄFTE DURCH GERINGFÜGIGEN KONFLIKT DURCHEINANDERGERATEN WÄHREND DIE FREMDEN KOMMEN STP ICH KENNE DEINE LAGE ABER R3J RPT R3J IST KEINE LÖSUNG STP KANN NUR HOFFEN SIE WERDEN WOANDERS ANGREIFEN STP JACKIE GEHT ES GUT STP DER KLEINE MART IST GEWACHSEN STP ALLES GUTE STP STINKO J J RYSTENKO OP-CHEF GS

LEBENSWICHTIG 04-16-2308 1632 TCT STAB
COMGEN IV AN ALLE STATIONEN
U EXPLOSION D308L564V013
U EXPLOSION D308L562V013
U EXPLOSION D308L560V013
U EXPLOSION D308L562V015
U EXPLOSION D308L562V011
EXPLOSIONEN SIMULTAN BEOBACHTUNGSZEIT 04-16-2308-1624TCT LEBENSWICHTIGE TRANSMISSION DREIMAL IN ABSTÄNDEN VON ZEHN MINUTEN.

DRINGEND 04-162308-1648TCT PERSÖNLICH
COMGEN VI AB OP-CHEF GS CAPITOL
STINKO SIE FLIEGEN NICHT WOANDERSHIN SIE KOMMEN HIERHER STP WENN SIE AN MIR VORBEIGEKOMMEN SIND IST NUR NOCH DIE GRAND ZWISCHEN HIER UND CAP UND DIE KANN SIE NIEMALS AUFHALTEN STP IHR TIMING IST PERFEKT GROSSE VERWIRRUNG STP WENN SIE FRÜHER GEKOMMEN WÄREN HÄTTEN SIE SICH NOCH AN DER GROSSEN WAHL BETEILIGEN KÖNNEN STP UNTER DIESEN UMSTÄNDEN IST ES UNERLÄSSLICH R3J RPT R3J EINZUNEHMEN STP ERTEILE MIR

ERLAUBNIS BEVOR WIR NOCH MEHR ZEIT VERSCHWENDEN STP MART MARTIN M GLICK COMGEN IV

(Ersuche um sofortige Antwort.)

Büro des Verteidigungsministers
Lieber General Rystenko,

als Mitglied des neuen Kabinetts bin ich für die allgemeinen Zielrichtungen unserer Verteidigungsbemühungen verantwortlich und möchte mir so bald wie möglich ein Bild von der allgemeinen strategischen Lage machen.

Solange ich die Bedeutung gewisser technischer Bezeichnungen nicht verstehe, wird dies unmöglich sein. Diese Bezeichnungen werden geheimgehalten, und kein Zivilist kann erahnen, was sie bedeuten. Wenn er nun plötzlich in ein Büro des Verteidigungsministeriums gerät, kann eine solche Unwissenheit fatale Auswirkungen haben. Ich habe hier einige Telegrammkopien, die in mein Büro gelangt sind, und darin finde ich die folgenden Bezeichnungen, um deren Definition ich bitte: (a) Quadrit, (b) GR; (c) CAP; (d) U-EXPLOSION; (e) Henkel-Kugel; (f) ss; (g) abortiert.
Außerdem wünsche ich eine kurze Zusammenfassung, nicht länger als zwei Seiten, über die allgemeine Verteidigungsstrategie, eine ebensolche Zusammenfassung über die Streitmächte der bekannten Feinde sowie eine kurze Aufstellung unserer wichtigen Waffen, verglichen mit der feindlichen Rüstung, was die Qualität, die Quantität, die derzeitige und künftige Produktionsrate betrifft.

Sie brauchen sich nicht selbst darum zu kümmern. Aber wenn Sie es nicht tun, sehen Sie die Papiere bitte durch, bevor sie an mich weitergeleitet werden. Ich werde Sie persönlich für die Genauigkeit der Angaben verantwortlich machen.

Hochachtungsvoll
James Cordovan
Verteidigungsminister

4-17-2308

Büro des Operationschefs

Lieber Herr Minister,

Quadrit ist eine kristalline Substanz, die als Treibstoff in der nicht-radioaktiven Raumfahrt, genannt N-Raumfahrt, benutzt wird. Eine kleine Menge radioaktiven Materials bewirkt die Reaktion, die durch die Entfernung dieses Materials gestoppt werden kann. Die massenradioaktive oder R-Raumfahrt ist im Kampf gegen unseren derzeitigen Feind unbrauchbar, da er die Möglichkeit hat, diesen Treibstoff explodieren zu lassen, bevor unsere Schiffe in normale Schußweite kommen. Deshalb verwenden wir in unseren Kriegsschiffen Quadrit.

GR bedeutet General-Reserve. CAP heißt Capitol. Eine U-Explosion ist eine große Explosion von Uran oder anderer radioaktiver Materie, die durch den Feind oder gelegentlich auch von uns verursacht wurde. Die Henkel-Kugel ist eine große, in sich geschlossene Einheit, die Impuls-Torpedos und magnetisch-induktive Suchgeräte enthält. SS bedeutet Solar-Strahl. Das ist eine Konzentration von Sonnenstrahlen, die zu Angriffs- oder Verteidigungszwecken eingesetzt werden. ‚Abortiert' heißt, so wie wir das Wort gebrauchen, ganz einfach ‚fehlgeschlagen'.

Die allgemeinste Verteidigungsstrategie ist relativ simpel. Unsere Streitkräfte sind rings um die Oberfläche einer sphäroiden Verteidigungsgrenze postiert. Am äußeren Rand befindet sich eine dreifache Schicht von Warnsystemen, U-Anzeiger genannt, die sofort explodieren, wenn sich der Feind nähert. Dann kommen mehrere Schichten von Henkel-Kugeln, die von einem Sonnensystem bis zum nächsten reichen. Jedes Sonnensystem ist mit Solarstrahlen ausgestattet, bis in möglichst weite Fernen, so daß diese Sonnensysteme starke Stützpunkte in unserem Verteidigungsgürtel darstellen oder, wenn sie von uns abgeschnitten sind, als isolierte Festungen hinter den feindlichen Linien dienen können. Hinter dieser äußeren Verteidigungslinie sind die Flotten stationiert, die unsere Henkel-Kugeln warten, kleine Risse im Verteidigungsgürtel schließen und im Fall größerer Durchbrüche den Rückzug antreten und mithelfen, die nächste Verteidigungslinie zu bilden.

Was die bekannten feindlichen Streitkräfte und den Vergleich ihrer wichtigen Waffen mit den unseren angeht, so muß man hauptsächlich ihre Angriffstaktik erwähnen. Sie kommen in großen Flotten an, die sich mit ungeheurer Geschwindigkeit bewegen, und führen oft zwei simultane Angriffe auf weit voneinander entfernte Teile unseres Verteidigungsgürtels durch. Eine Reihe von U-Explosionen verrät uns, daß sie durch mehrere Schichten unserer U-Anzeiger hindurchgedrungen sind, und dann brechen sie durch die Linien der Henkel-Kugeln. Die Kugeln feuern automatisch ihre Impuls-Torpedos ab, die einen vorausberechneten Kurs einschlagen. Gleichzeitig verstreuen unsere Flotten, die sich im Kampfgebiet befinden, neue Kugelschichten entlang des mutmaßlichen Kurses, den der Feind nehmen wird. In diesem Stadium finden keine direkten Kämpfe zwischen den feindlichen und unseren Flotten statt, denn dazu sind unsere Flotten zu schwach. Sie bewachen nur ein großes Gebiet, das der Feind nach Belieben und an jedem beliebigen Punkt mit seiner vollen Kampfstärke angreifen kann.

Normalerweise erfolgt gerade in dem Augenblick, da unsere Lage verzweifelt wird und wir uns gezwungen sehen, die General-Reserve an den Kampfschauplatz zu schicken, eine zweite, noch schwerere Attacke an einer Stelle, die weit vom ersten Angriffspunkt entfernt ist. In einem solchen Stadium werden alle früheren Pläne und Befehle hinfällig, und wir richten uns nur noch nach den Forderungen der Zweckmäßigkeit. Alle Flotten, die rings um den Verteidigungsgürtel postiert sind, fliegen zu dem Punkt, wo der Feind vermutlich durchbrechen wird. Solar-Strahlen konzentrieren sich in einem dichten Netzwerk an der Linie der feindlichen Attacke. Es ist unmöglich, über diesen Punkt hinaus allgemeine Angaben zu machen. Wir tun, was wir können. Meist sind wir gezwungen, unsere Flotten in die Schlacht zu schicken, wobei wir schwere Verluste erleiden, so daß wir erheblich geschwächt sind, wenn der nächste Angriff erfolgt. Der Feind durchfliegt unser ganzes System, zerstört unterwegs lebenswichtige planetare Zentren und verläßt unser Gebiet an einer Stelle, wo er unseren Verteidigungsgürtel bereits durchschnitten hat. Nachdem er abgezogen ist, sammeln wir unsere spärlichen Reste und formieren unsere Streitkräfte neu, um auf den nächsten Angriff zu warten.

Wir wissen nicht viel über die Waffen unseres Feindes und haben bisher nur herausgefunden, daß sie den unseren ähnlich sind und in ungeheurer Konzentration eingesetzt werden. Was die feindlichen Soldaten betrifft, so wurde erst ein einziges Individuum gefangengenommen, nach einem zufällig entstandenen Nahkampf, in dem Colonel A. C. Nielson getötet und ein feindliches Schiff zerstört worden war. Dieses feindliche Individuum war (a) von menschlicher Gestalt, sehr muskulös, mit seltsamen Augen, (b) es besaß phantastische rekuperative Kräfte, konnte seine schweren Verletzungen heilen, während Captain Nielson an den gleichen Wunden gestorben war, und dieser Heilprozeß fand ganz spontan statt, konnte praktisch mit bloßem Auge verfolgt werden, (c) es begegnete uns mit fanatischer Feindseligkeit, sobald es das Bewußtsein wiedererlangt hatte; danach nahm es offenbar Gift ein, denn sein Körper löste sich so schnell auf, daß wir ihn nicht mehr untersuchen konnten.

Was unsere derzeitige Produktionsrate angeht, so sind wir imstande, annähernd vierzig Prozent der Verluste zu ersetzen, die wir während einer feindlichen Attacke erleiden. Dies bezieht sich auf die Kriegsschiffproduktion. Die Produktion der billigeren Henkel-Kugeln wäre durchaus respektabel, wenn man keine Schiffe einsetzen müßte, um sie in Position zu bringen. Die künftige Schiffsproduktion wurde durch eine weitere Budgetverringerung beeinträchtigt.

Was die Rekrutierung betrifft, so sind wir kaum noch in der Lage, unsere Stationen zu bemannen. Die Ausbildungsmöglichkeiten sind unzulänglich. Außerdem brauchen wir so dringend neue Leute, daß wir gar keine Zeit haben, sie adäquat auszubilden. Die Soldaten sind von minderer Qualität, da die Bevölkerung am Ernst der Lage zweifelt und deshalb keinen Respekt vor der Army hat.

Ich hoffe, daß ich Ihre Fragen zufriedenstellend beantwortet habe. Ich bin gern bereit, Ihnen zu helfen, so gut ich kann. Mit vorzüglicher Hochachtung

J. J. Rystenko
Operationschef

Büro des Verteidigungsministers
Lieber Bart,

ich lege ein Schreiben von General Rystenko, dem Operationschef, bei, in dem er einige meiner Fragen beantwortet hat. Ich hoffe, Du wirst es lesen und mich wissen lassen, was Du davon hältst. Wenn Rystenko nicht aus irgendeinem Grund übertreibt, so ist die Lage schlimmer, als wir es uns jemals vorstellen konnten.

Jim Cordovan

4-17-2308

Präsidentenamt
Lieber Jim,

das ist ja schrecklich! Gib mir sofort Bescheid, sobald Du genauere Informationen hast.

Bart

(Sofortige Aktion.)

4-17-2308

Präsidentenamt
Lieber General Rystenko,

melden Sie sich sofort in meinem Büro, es sei denn, Sie sind mit lebenswichtigen Aufgaben beschäftigt.

Barton Baruch

4-17-2308

Präsidentenamt

Lieber Jim,

Rystenko ist okay. Aber unsere Vorgänger haben das Verteidigungsbudget drastisch dezimiert, um den Staatshaushalt auszugleichen. Heute um acht Uhr dreißig Kabinettsversammlung.

Bart

DRINGEND 04-2308-2210TCT PERSÖNLICH
COMGEN IV AN OP-CHEF GS CAPITOL
STINKO MEINE LAGE IST UNTER DEN GEGENWÄRTIGEN UMSTÄNDEN HOFFNUNGSLOS STP EINZIGE RECHTFERTIGUNG FÜR PASSIVITÄT WAR VERMEIDUNG EINES KLEINEREN KRIEGS UND DER DARAUS RESULTIERENDEN UNFÄHIGKEIT DIE STREITKRÄFTE WIEDER ZU VERSTÄRKEN FALLS NEUE ATTACKE ANDERSWO ERFOLGT STP ERWARTE ANGRIFF AUF DIESE STATION STP WENN ICH BLEIBE WO ICH BIN SITZE ICH WIE EINE MAUS IN EINEM OFFENEN LOCH AUF DAS EIN WIESEL ZULÄUFT STP KANN SIE HIER NICHT AUFHALTEN STP DIESMAL WERDEN SIE BIS CAP VORDRINGEN STP STINKO ICH HOFFE DU GESTATTEST DASS ICH R3J RPT R3J EINNEHME ODER BEI DEM VERSUCH STERBE STP LIEBE GRÜSSE AN TANYA UND DIE KINDER STP VIEL GLÜCK FALLS SIE DURCHKOMMEN STINKO STP MART MARTIN M GLICK COMGEN IV

ROUTINE 04-17-2308-1100TCT STAB
OP-CHEF GS CAPITOL AN COMGEN IV
IN ABWESENHEIT GENERAL RYSTENKOS IST ES MEINE PFLICHT LIEUTENANT GENERAL GLICK ZU INFORMIEREN DASS KEINE ERLAUBNIS ERTEILT WURDE ZU R3J RPT R3J VORZURÜCKEN STP FALLS SIE TROTZ WIEDERHOLTEN VERBOTS VORRÜCKEN IST ES MEINE PFLICHT IHNEN MITZUTEILEN DASS SIE DAS KOMMANDO UNVERZÜGLICH AN DEPUTY COMGEN IV ÜBERGEBEN LAUT VORSCHRIFT RGC6-143J ABTEILUNG 14 STP COLONEL QL GORLEY IN VERTRETUNG GENERAL J J RYSTENKOS OP-CHEF GS

ROUTINE 04-18-2308-1625 TCT STAB
COMGEN IV AN OP-CHEF GS CAPITOL
ALLE EMPFANGSAPPARATE FUNKTIONSUNFÄHIG STP VERMUTLICH AUFGRUND FEINDLICHER AKTION STP VORHUT VON FLOTTE IV NÄHERT SICH SYSTEM CODE R3J RPT R3J

LEBENSWICHTIG 04-18-2308-1640TCT STAB
COMGEN IV AN ALLE STATIONEN
U EXPLOSION D288L564V103
U EXPLOSION D288L562V103
U EXPLOSION D288L560V103
U EXPLOSION D288L562V105
U EXPLOSION D288L562V099
EXPLOSIONEN SIMULTAN BEOBACHTUNGSZEIT 04-18-2308-1635 TCT
LEBENSWICHTIGE TRANSMISSION DREIMAL IN ABSTÄNDEN VON ZEHN MINUTEN

(Ersuche um sofortige Antwort)

4-18-2308

Büro des Verteidigungsministers
General Rystenko,

wie Sie wissen, landen alle OP-CHEF-Telegramme routinemäßig auf meinem Schreibtisch, und deshalb weiß ich, was in Ihrem Büro vorgeht. Und jetzt will ich wissen, warum General Glick an einer so kurzen Leine gehalten wird. Ich habe mir die Sternenkarten angesehen, und wenn ich mich nicht irre, ist das System R3J ein lebenswichtiges Verbindungsglied in unserer Verteidigungslinie. Wer ist Colonel Q. L. Gorley, der die Order losgeschickt hat, daß General Glick das Kommando abgeben muß? Warum hat *er* diesen Befehl erteilt? Sind Sie dafür verantwortlich? Falls Sie nicht mit lebenswichtigen Angelegenheiten beschäftigt sind, möchte ich binnen fünfzehn Minuten per Funk eine Antwort auf diese Fragen haben.

J. Cordovan
Verteidigungsminister

4-18-2308

Büro des Operationschefs
Lieber Herr Minister,

ich wußte nichts von Gorleys Aktion, bevor Sie meine Aufmerksamkeit darauf gelenkt hatten. Ich werde Glick das Kommando sofort wieder übergeben.

Rystenko

LEBENSWICHTIG 04-18-2308-1125TCT STAB
OP-CHEF GS CAPITOL AN COMGEN IV
LAUT ORDER GENERAL J J RYSTENKOS OP-CHEF GS HAT RPT HAT LIEUTENANT GENERAL MARTIN GLICK DAS ALLEINIGE KOMMANDO IN SEKTOR IV STP LAUT ORDER GENERAL J J RYSTENKOS OP-CHEF GS WIRD LIEUTENANT GENERAL MARTIN GLICK VOLLE DISKRETION RPT VOLLE DISKRETION AUF COMGEN IV INKLUSIVE RPT INKLUSIVE ALLE AKTIONEN BEZÜGLICH SYSTEM CODE R3J RPT R3J GARANTIERT RPT GARANTIERT STP ZEIT OER ORIGINALORDER 02-18-2308 1125 TCT LEBENSWICHTIG TRANSMISSION DREIMAL IN ABSTÄNDEN VON ZEHN MINUTEN

DRINGEND 02-18-2308-1128TCT PERSÖNLICH
OP-CHEF GS CAPITOL AN COMGEN IV
MEIN GOTT MART ES TUT MIR LEID STP DEINE ARGUMENTE BEZÜGLICH R3J RPT R3J VÖLLIG KORREKT STP GORLEY AGIERTE OHNE MEIN WISSEN STP WIR BEFINDEN UNS INMITTEN EINER ADMINISTRATIVEN TRANSFORMATION STP EINIGE VERWIRRUNG STP DU HAST VÖLLIGE HANDLUNGSFREIHEIT STP TU WAS DU FÜR RICHTIG HÄLTST STP VIEL GLÜCK UND GOTT MIR DIR STP STINKO J J RYSTENKO OP-CHEF GS

4-18-2308

Büro des Operationschefs
Lieber Herr Minister,

General Glick hat wieder das Kommando in Sektor IV und ist ermächtigt, System R3J einzunehmen. Die beiden vorangegangenen Versuche, den einzigen Planeten des Systems einzunehmen, der Quadrit enthält, sind fehlgeschlagen. Keine Überlebenden sind zurückgekehrt. Aber ein weiterer Versuch lohnt sich.

Rystenko

(Ersuche um sofortige Antwort)

4-18-2308

Büro des Verteidigungsministers
General Rystenko,

das ist wunderbar. Warum haben Sie meine Frage bezüglich Colonel Gorley nicht beantwortet?

J. Cordovan

4-18-2308

Büro des Operationschefs
Lieber Herr Minister,

Colonel Gorley wurde vom ehemaligen Präsidenten hierhergeschickt. Er war in beratender und in verbindender Funktion zwischen diesem Büro und dem ehemaligen Präsidenten tätig. Ich weiß, daß sich seine Aktion in diesem Fall als unglücklich erwiesen hat, aber er hat nicht gegen die Regeln verstoßen, die in solchen Situationen Geltung haben. Ich war zu jenem Zeitpunkt beim Präsidenten, und Colonel Gorley mußte sofort handeln, da es die Lage erforderte.

J. J. Rystenko
Operationschef

(Ersuche um sofortige Antwort)

4-18-2308

Büro des Verteidigungsministers
General Rystenko,

glauben Sie, daß Gorley den ehemaligen Präsidenten in Verteidigungsangelegenheiten beraten hat?

J. Cordovan

4-18-2308

Büro des Operationschefs
Herr Minister,
ja, das glaube ich.

J. J. Rystenko
Operationschef

4-18-2308

Büro des Verteidigungsministers
Lieber Bart,
ich lege eine Korrespondenz zwischen mir und Rystenko bei, die Colonel Q. L. Gorley betrifft. Dieser Mann hat soeben einen Schritt unternommen, der nach meiner Meinung das Ziel verfolgte, unsere Verteidigungsarrangements in einem kritischen Augenblick durcheinanderzubringen. Ich lege das betreffende Telegramm bei. Du wirst feststellen, daß sich Rystenko eines ziemlich gestelzten Tonfalls befleißigt, wenn er Gorley verteidigt. Ich persönlich glaube, daß Gorley nichts taugt – falls er die ehemalige Regierung tatsächlich in Verteidigungsangelegenheiten beraten hat.

Jim

(Ersuche um sofortige Antwort)

4-18-2308

Büro des Verteidigungsministers
An die Aktenverwaltung,
ich bitte Sie um eine Zusammenstellung aller sachdienlichen Daten über Colonel Q. L. Gorley, derzeit im Büro des Operationschefs tätig.

James Cordovan
Verteidigungsminister

4-18-2308

Präsidentenbüro

Lieber Jim,

ich bin seit drei Tagen im Amt und habe das Gefühl, es seien schon drei Jahre. Das habe ich nur der miserablen Verteidigungssituation zu verdanken. Wenn du glaubst, daß Gorley nichts taugt, dann such Dir einen fernen, unbedeutenden Asteroiden aus und setz' ihn dort als Kommandanten ein. Aber verschone mich in Zukunft mit solchen Trivialitäten.

Bart

P.S. Das Telegramm von Gorley an Glick wurde um 1100 aufgegeben. Zu dieser Zeit war Rystenko nicht bei mir.

4-19-2308

Aktenverwaltungsbüro

Lieber Herr Minister,

ich konnte feststellen, daß ein gewisser Colonel Q. L. Gorley im Büro des Operationschefs tätig ist, aber der Computerschirm bleibt leer, wenn ich versuche, seine Daten zu erhalten.

Auch in der Offiziersliste ist kein Colonel Q. L. Gorley zu finden. Allerdings gibt es einen Captain Q. S. Gorley, der zur Zeit in der Zehnten Flotte dient, und einen Brigadier General Mason Gorley im Ruhestand. Als ich die Liste der Offiziere durchsah, die während der letzten hundert Jahre die Nationale Raumfahrtakademie in Bristol Bay besucht haben, konnte ich keinen Q. L. Gorley entdecken.

Es ist möglich, die Daten von einzelnen Army-Mitgliedern geheimzuhalten, wenn der Verteidigungsminister eine entsprechende Order erteilt, aber das ist hier nicht der Fall. Es gibt einfach keine Daten. Wünschen Sie, daß ich die chiffrierten Verwaltungsakten der letzten Jahre durchsehe, um herauszufinden, ob der Mann irgendwo erwähnt wird? Mit vorzüglicher Hochachtung

Ogden Mannenberg
Leiter der Aktenverwaltung

(Ersuche um sofortige Antwort)

1-19-2308

Büro des Verteidigungsministers
An das Aktenverwaltungsbüro,

ja, um Himmels willen, durchstöbern Sie die Akten, bis zu dem Jahr, wo Gorley das erstemal erwähnt wird!

James Cordovan
Verteidigungsminister

(Sofortige Aktion)

4-19-2308

Büro des Verteidigungsministers
Lieber Birdie,

geh ins Büro des Operationschefs und mime den Unterstaatssekretär, der das Team kennenlernen will. Versuche möglichst viel über einen Colonel Q. L. Gorley herauszufinden. Er ist derzeit im Büro des Op-Chefs tätig. Offenbar gibt es keine Daten über Gorley, und das hat meine Neugier geweckt.

Jim

ROUTINE 04-19-2308-2300TCT STAB
COMGEN IV AN OP-CHEF GS CAPITOL
FLOTTE IV HAT STÜTZPUNKT AUF ZWEITEM RPT ZWEITEM PLANETEN DES SYSTEMS CODE R3J RPT R3J ERRICHTET STP SB POSTIERT STP VORGERÜCKTE HENKEL-KUGELN LINIE VERSTÄRKT STP GROSSTEIL DER FLOTTE IV RÜCKT VOR UM FÜNFTEN RPT FÜNFTEN PLANETEN DES SYSTEMS CODE R3J RPT R3J ZU OKKUPIEREN.

ROUTINE 04-19-2308-2314TCT PERSÖNLICH
COMGEN IV AN OP-CHEF GS CAPITOL
STINKO IÇH HABE DEN ZWEITEN RPT ZWEITEN PLANETEN VON R3J RPT R3J BESETZT STP BEVÖLKERUNG UND REGIERUNG FREUNDLICH UND HILFSBEREIT STP IHRE ZIVILISATION BASIERT AUF KERNSPALTUNG VOR FÜNFHUNDERT JAHREN ABER DIE FREMDEN KAMEN HIER VORBEI

UND WARFEN SIE AUF EINEN ZITAT DÜNGERHAUFEN ZITATENDE STP SIE HATTEN RAUMSCHIFFE HIELTEN SICH ABER VOM FÜNFTEN PLANETEN FERN DA SIE KEINE VERWENDUNG FÜR QUADRIT HATTEN DAS DIE EINZIGE ATTRAKTION DIESES PLANETEN DARSTELLT STP SIE SAGEN EINER IHRER RELIGIONSFÜHRER HÄTTE MEINE ANKUNFT VORAUSGESAGT UND AUSSERDEM PROPHEZEIT ZITAT ER DER SICH VOM FÜNFTEN PLANETEN NÄHERN WIRD SOLL DAVON LEBEN ZITATENDE STP KLINGT GUT STP BIN UNTERWEGS STP MART MARTIN M GLICK COMGEN IV

4-19-2308

Büro des Unterstaatssekretärs im Verteidigungsministerium

Lieber Jim,

ich habe unten im Büro des Op-Chefs Nachforschungen angestellt, und ich bin sicher, daß Du Dich irrst, was Colonel Gorley betrifft. Er scheint anständig und solide zu sein, und er erklärte mir die Verteidigungsstrategie auf eine so logische Art und Weise, daß ich zum erstenmal einen Sinn darin sah. Ich wüßte niemanden, der den Präsidenten in militärischen Angelegenheiten besser beraten könnte. Und daß es keine Daten über Gorley geben soll – diese Vorstellung ist geradezu phantastisch. Einige anwesende Offiziere unterhielten sich freundschaftlich mit ihm über Ereignisse, die sich während ihrer gemeinsamen Akademietage in Bristol Bay abgespielt hatten. Ich kann mir nicht vorstellen, daß sie ihn mit jemandem verwechselt haben. Colonel Gorley ist ein imposanter Mann, sehr muskulös gebaut – ein kraftvoller, magnetischer, dynamischer Typ. Er hat sonderbare, durchdringende, intelligente Augen und eine klare, feste Stimme. Ich persönlich finde, daß wir nicht in seiner Vergangenheit herumschnüffeln, sondern ihn lieber befördern sollten. Das käme unserer Verteidigung sicher zugute,

Birdie

P.S. Die einzig sanfte Kritik, die mir im Zusammenhang mit Gorley zu Ohren kam, war eine scherzhafte Anspielung auf seinen unersättlichen Appetit. Angeblich muß er sich ständig an eine Diät halten, damit er nicht zunimmt. Aber das wirst Du ihm sicher nicht übelnehmen.

ROUTINE 04-20-2308-0756TCT STAB
COMGEN IV AN OP-CHEF GS CAPITOL
VORHUT DER FLOTTE IV AUF PLANET FÜNF RPT FÜNF DES SYSTEMS CODE R3J RPT R3J GELANDET STP KEINE FEINDSELIGEN AKTIONEN STP DIE EINZIGEN BEWOHNER SCHEINEN WEIDETIERE VON MITTLERER GRÖSSE ZU SEIN

4-20-2308

Aktenverwaltungsbüro
Lieber Herr Minister,

anbei Aktenauszüge, in denen Colonel Q. L. Gorley erwähnt wird, in chronologischer Reihenfolge:

4-25-2304 ... Danke, daß Sie mir Colonel Gorley geschickt haben. Die Position der Verteidigung ist mir nun klargeworden ...

Präsident an Op-Chef

5-4-2304 ... Ich billige den neuen Plan einer dynamischen Eindämmung. Ich war ein bißchen unsicher, welche Auswirkungen das haben würde, wenn der Feind seine Offensive erneuern sollte. Aber Colonel Gorley hat mir versichert, daß es möglich wäre, die Reserven blitzschnell zu konzentrieren. Auf dieser Basis billige ich den Plan. Nun erscheint er mir nicht mehr riskant ...

Präsident an Op-Chef

2-23-2305 ... Ich verstehe nicht, warum es Ihnen so schwergefallen ist, den letzten feindlichen Angriff abzuwehren. Was genau ist eigentlich passiert? Warum konnten Sie die Reserven nicht schnell genug konzentrieren, um zu verhindern, daß der Feind das ganze System der Länge und Breite nach durchflog und eine Ruinenspur hinterließ, wie wir sie in den letzten zwanzig Kriegsjahren nicht mehr gesehen haben? Wer hat die Produktionsverkürzung angeordnet? Was meinen Sie, wenn

Sie sagen, Sie könnten die Verluste nicht ersetzen? Ich erinnere mich nicht an die Order, die Sie erwähnen, auch an keinen Colonel Gorley. Schicken Sie diesen Mann sofort zu mir! Oder noch besser, kommen Sie selbst...

Präsident an Op-Chef

2-24-2305... Colonel Gorley hat mir die Angelegenheit zufriedenstellend erklärt. Natürlich ist das ein Unglück, aber solche Dinge passieren nun mal...

Präsident an Op-Chef

6-1-2305... Colonel Gorley wird Ihnen erklären, warum wir neue Kürzungen im Verteidigungsbudget vorschlagen. Die verbesserte Situation im Außengebiet macht diese Kürzungen möglich...

Op-Chef an Präsident

4-2-2306... Rystenko, diese Verluste sind schrecklich. Warum ist das nun zweimal passiert? Der Zweck der Zensur besteht nicht darin, den Leuten die Tatsachen zu verheimlichen und die schwärenden Wunden vor dem Blick der Öffentlichkeit zu verbergen. Der Sinn der Zensur liegt darin, keine Informationen in feindliche Kreise dringen zu lassen und zu verhindern, daß die Öffentlichkeit übertrieben heftig auf geringfügige Umschwünge reagiert. Aber diese Katastrophen sind nicht geringfügig! Das sind grauenvolle Niederlagen! Ich finde Ihre Reaktion völlig unzureichend. Wer ist dieser Gorley, den Sie zu mir schicken – als ob das noch was an der Situation ändern könnte...

Präsident an Op-Chef

4-4-2306... Colonel Gorley hat mir die Angelegenheit zufriedenstellend erklärt. Ich sehe nun ein, daß dies in der jetzigen Phase unserer Verteidigungsbemühungen ganz einfach geschehen mußte...

Präsident an Op-Chef

6-2-2306... Ich billige das neue Verteidigungsbudget, nachdem Colonel Gorley mir alles erklärt hat. Ich bin natürlich sehr zufrieden, wenn es mich auch überrascht, daß Sie uns eine stärkere Defensive zu geringeren Kosten bieten können. Bitte überprüfen Sie das alles noch einmal und stellen Sie sicher, daß sich die Situation tatsächlich in einem solchen Ausmaß stabilisiert hat ...

Präsident an Op-Chef

5-2-2306 ... daß Colonel Gorley meinem Büro zugeteilt wird, bis diese komplizierten Arrangements abgewickelt sind ...

Präsident an Op-Chef

6-7-2306 ... Wir werden Gorley vermissen, aber seien Sie versichert, daß er Ihnen genauso nützlich sein wird wie uns ...

Op-Chef an Präsident

9-15-2306 ... Das Essen muß hier viel besser sein als in Ihrem Kasino. Der arme Gorley muß schon wieder Diät halten ...

Präsident an Op-Chef

10-23-2306 ... Es tut mir sehr leid, daß ich Sie mit diesen Trivialitäten belästigen muß, Herr Präsident, aber es könnte sich herausstellen, daß sie lebenswichtig sind. Mit einer so unzureichenden Ausrüstung, wie sie mir mein Budget erlaubt, kann ich keine Männer nach Cryos schicken. Dieser minderwertige Ersatz für Zwischenlinienschiffe und die kleinen Doppelbeischiffe würden eine Verzögerung von etwa zehn Minuten bedeuten, wenn die Leute in einen Kampf verwickelt werden. Diese Ausrüstung hat sich bereits als wertlos erwiesen. Ich werde Colonel Gorleys Vorschläge gern überdenken, aber dieses Thema war eigentlich schon vor Jahren abgeschlossen. Außerdem sind mir verschiedene andere Aspekte unserer gegenwärtigen Arrangements aufgefallen, die mich mit großem Unbehagen erfüllen ...

Op-Chef an Präsident

10-25-2306 ... Ich habe mit Colonel Gorley geredet und sehe nun ein, daß diese Pläne der Situation haargenau entsprechen. Vielleicht könnte er für eine Weile in unserem Büro bleiben – bis die anderen Angelegenheiten geklärt sind ...

Op-Chef an Präsident

4-15-2307 ... der arme Gorley muß wieder Diät halten ...

Op-Chef an Präsident

4-16-2307 ... Wer? Gorley? Kenne ich den Mann ...?

Präsident an Op-Chef

4-29-2307 ... tief erschüttert über diese furchtbare Katastrophe. Warum mußte uns das zustoßen – zu einem Zeitpunkt, da wir unsere Verteidigungsarrangements für unverwundbar hielten? Der Feind hat unsere Kampfreihen wie Seidenpapier auseinandergerissen. Warum sind wir so schwach? Ihr Gerede von ‚elastischer Konterdefensive' ergibt überhaupt keinen Sinn für mich. Wären diese Flotten an einem zentralen Punkt konzentriert gewesen, statt im ganzen Universum verstreut, hätten wir den Angriff abwehren können. Was meinen Sie, wenn Sie ankündigen, Sie würden Colonel Gorley zu mir schicken? Wenn eine mündliche Erklärung erforderlich ist, dann werden Sie selber kommen und mir keinen Lakaien schicken! Stellen Sie sofort eine Liste aller Maßnahmen auf, die ergriffen werden müssen, um diese untragbare Situation zu verbessern ...

Präsident an Op-Chef

4-30-2307 ... Jetzt verstehe ich es. Gorley hat mir alles erklärt ...

Präsident an Op-Chef

Anmerkung: Dies sind alle Briefstellen in den Verwaltungsakten, wo Colonel Q. L. Gorley direkt erwähnt wird. Wünschen Sie, daß ich auch die Ministerialakten durchsehe? Mit vorzüglicher Hochachtung

Ogden Mannenberg
Leiter der Aktenverwaltung

4-20-2308

Büro des Verteidigungsministers
An das Aktenverwaltungsbüro,

danke, das Material, das Sie mir zugestellt haben, genügt einstweilen.

James Cordovan
Verteidigungsminister

Präsidentenbüro 4-20-2308

Lieber Jim,

ich habe nun den Bericht über unser Verteidigungssystem studiert, den Rystenko Dir geschickt hat und den Du an mich weitergeleitet hast. Ich habe darüber geschlafen und darüber nachgedacht, wann immer ich nicht mit anderen Angelegenheiten beschäftigt war. Ich finde, (1) daß diese Strategie, den Großteil unserer Flotte in einer dünnen Reihe rings um die Peripherie zu verteilen, uns nicht besser schützen kann als eine Eischale ein Ei, (2) da sich die Flotte nach den derzeitigen Arrangements nicht in Kämpfen engagiert, ist sie nicht wertvoller als unsere Zivilschiffe, (3) deshalb müssen wir die gesamte Flotte im Zentrum zusammenziehen (mit Ausnahme von Glicks IV, die zur Zeit aktiv ist) und Zivilschiffe an die Peripherie schicken, die sich um die Henkel-Kugeln kümmern sollen. Natürlich müssen einige Offiziere dort bleiben, um die Zivilbesatzungen auszubilden.

Abschließend muß ich noch bemerken, daß alles, was ich da geäußert habe, einem Blinden ins Auge springen müßte. Warum hat Rystenko diese Maßnahmen nicht von sich aus ergriffen? Bei unserem Gespräch machte er einen sehr guten Eindruck auf mich. Aber nach weiteren Überlegungen fragte ich mich, ob er vielleicht zu den Männern gehört, die der Verpackung mehr Aufmerksamkeit zollen als dem Inhalt des Pakets. Ich werde noch einmal mit ihm reden, und ich würde gern wissen, was Du von der Sache hältst.

Bart

4-20-2308

Präsidentenbüro

General Rystenko,

ich möchte Sie innerhalb der nächsten Stunde bezüglich unserer Kriegsstrategie, der gegenwärtigen Rekrutierung und der derzeitigen Arrangements, was die Beförderung hoher Offiziere angeht, sprechen.

Barton Baruch

4-20-2308

Büro des Operationschefs

Lieber Herr Präsident,

ich werde um drei Uhr nachmittags in Ihr Büro kommen, wenn es Ihnen recht ist. Zufällig hat mein Adjutant, Colonel Q. L. Gorley, mein Büro vor kurzem verlassen, um Ihnen ein paar wichtige Akten zu bringen. Ich bin sicher, er kann Ihnen wertvolle Informationen geben, falls Sie ihn in dieser oder jener Angelegenheit zu konsultieren wünschen. Mit vorzüglicher Hochachtung

J. J. Rystenko
Operationschef

4-20-2308

Präsidentenbüro

Lieber Jim,

soeben führte ich ein sehr aufschlußreiches Gespräch mit General Rystenkos Adjutanten, Colonel Gorley. Er hat mir die Logik der gegenwärtigen Verteidigungsstrategie verdeutlicht. Ich schicke ihn zu Dir, damit er auch Dich informieren kann. Er ist ein äußerst fähiger Mann, und ich bin sicher, daß Du von dieser Bekanntschaft profitieren wirst.

Bart

LEBENSWICHTIG 04-20-2308-1654TCT STAB

COMGEN IV AN ALLE STATIONEN

U EXPLOSION D280L564V193

U EXPLOSION D280L562V193

U EXPLOSION D280L560V193

U EXPLOSION D280L562V191

U EXPLOSION D280L562V191

EXPLOSIONEN SIMULTAN BEOBACHTUNGSZEIT 04-20-2308-1646TCT

LEBENSWICHTIGE TRANSMISSION DREIMAL IN ABSTÄNDEN VON ZEHN MINUTEN

4-20-2308

Büro des Unterstaatssekretärs im Verteidigungsministerium

Lieber Jim,

Colonel Gorley schlägt hier draußen im Vorzimmer Wurzeln. Er ist auf persönlichen Wunsch des Präsidenten gekommen, aber wenn die Empfangsdame versucht, ihn zu Dir zu führen, ist Deine Tür abgesperrt. Bist Du plötzlich kindisch geworden?

Birdie

4-29-2308

Büro des Verteidigungsministers

Lieber Birdie,

Wer ist Gorley? Ist das der Mann, der gestern oder vorgestern so viel Theater gemacht und einem General befohlen hat, sein Kommando abzugeben? Wenn er mir eine schriftliche Nachricht vom Präsidenten überbringen will, so kann er sie draußen abliefern. Wenn er mich sehen will, soll er sich einen Termin geben lassen, sagen wir, morgen. Ich arbeite mich gerade durch einen Aktenberg hindurch, der so hoch ist, wie Du immer den Kopf trägst. Und ich will nicht gestört werden, bevor ich damit fertig bin. Sag mal, wenn er schon draußen ist, könntest Du ihn doch diskret bezüglich Rystenko aushorchen. Versuch rauszufinden, ob der Op-Chef Gorley als Werkzeug mißbraucht hat, um diesen General loszuwerden – wie heißt er doch gleich? Glick!

Jim

4-20-2308

Büro des Verteidigungsministers

An den Leiter des Telegrammbüros

übermitteln Sie folgendes:

LEBENSWICHTIG 04-20-2308-1621TCT PERSÖNLICH

VERTMIN CAPITOL AN COMGEN GR CAPITOL

TEILEN SIE MIR SOFORT IHRE MEINUNG MIT STP WIRD GEGENWÄRTIGES VERTEIDIGUNGSSYSTEM FEINDLICHEN ANGRIFF VON ÄHNLICHER

GRÖSSENORDNUNG WIE JENE IN DEN LETZTEN DREI JAHREN ABWEHREN KÖNNEN STP ANTWORTEN SIE SOFORT UNTER KATEGORIE LEBENSWICHTIG AN VERTMIN CAPITOL LEITUNG DES TELEGRAMMBÜROS STP FRAGE UND ANTWORT STRENG VERTRAULICH STP JAMES CORDOVAN VERTMIN CAPITOL

(Ersuche um sofortige Antwort)

4-20-2308

Büro des Verteidigungsministers
An das Aktenverwaltungsbüro,

versuchen Sie herauszufinden, was mit der Leiche des Feindes geschehen ist, der nach dem Nahkampf gefangengenommen wurde, in dem Colonel A. C. Nielson fiel.

James Cordovan
Verteidigungsminister

LEBENSWICHTIG 04-20-2308-1642TCT PERSÖNLICH
COMGEN GR CAP AN VERTMIN CAP ÜBER LEITUNG DES TELEGRAMMBÜROS STRENG VERTRAULICH STP NACH MEINER MEINUNG WERDEN DERZEITIGE VERTEIDIGUNGSANLAGEN ZUSAMMENBRECHEN WENN FEIND EBENSO SCHWEREN ANGRIFF STARTET WIE FRÜHER STP ODER WENN DER ANGRIFF AUCH NUR ANNÄHERND SO MASSIV IST WIE FRÜHER STP VERNON L HAUSER COMGEN GR CAPITOL

4-20-2308

Aktenverwaltungsbüro
Lieber Herr Minister,

die Leiche des gefangenen Feindes wurde in gefrorenem Zustand hierhergebracht, um von Ärzten und Chemikern untersucht zu werden. Sie traf nachts ein und wurde, immer noch in der Kühlbox, in einem kleinen Zimmer neben dem Autopsieraum deponiert. Der diensthabende Internist ließ den Deckel der Box öffnen, untersuchte die sterblichen Reste und stellte fest, daß sich das Objekt im Stadium fortgeschrittenen Verfalls befand, wenn es auch keinen Verwesungsgeruch ausströmte. Der Raum wurde gekühlt. Als die Ärzte am nächsten Tag ankamen, um eine gründlichere Untersuchung vorzunehmen und der Deckel der Box hochgehoben wurde, war nur noch ein bißchen Wasser darin zu finden. Ein Teil des Wassers war bereits durch die Ritzen der Box ausgelaufen.

Die oben zitierte Schilderung setzt sich aus den wesentlichen Teilen mehrerer umfangreicher Berichte über diesen Vorfall zusammen. In gleichfalls umfangreichen Abhandlungen wurde versucht, das Phänomen zu erklären. Doch der Grundtenor ist überall gleich – man weiß nicht, was geschehen ist. Mit vorzüglicher Hochachtung

Ogden Mannenberg
Leiter der Aktenverwaltung

(Ersuche um sofortige Antwort)

4-20-2308

Büro des Verteidigungsministers
An das Aktenverwaltungsbüro,

schicken Sie mir eine Zusammenfassung von den physischen Merkmalen des feindlichen Gefangenen.

James Cordovan
Verteidigungsminister

4-20-2308

Büro des Unterstaatssekretärs im Verteidigungsministerium
Lieber Jim,

Colonel Gorley hat vom Präsidenten den Auftrag erhalten, Dich heute und jetzt zu besuchen. Warum vertröstest Du ihn auf morgen? Du kannst doch sofort wieder an Deine Arbeit gehen, wenn Du ihm ein paar Minuten geopfert und ihm erlaubt hast, seine Mission zu erfüllen.

Birdie

4-20-2308

Büro des Verteidigungsministers
Lieber Birdie,
stecke bis zum Hals in Arbeit. Morgen.

Jim

4-20-2308

Aktenverwaltungsbüro
Lieber Herr Minister,
der feindliche Gefangene wurde zu Lebzeiten folgendermaßen beschrieben: (a) menschliche Gestalt, (b) außerordentlich kräftig gebaut, starke Muskeln, (c) seltsame, stechende Augen, (d) große rekuperative Fähigkeiten. Mit vorzüglicher Hochachtung

Ogden Mannenberg
Leiter der Aktenverwaltung

4-20-2308

Büro des Verteidigungsministers
An den Leiter des Telegrammbüros:
Übermitteln Sie folgendes:

LEBENSWICHTIG 04-20-2308-1708TCT PERSÖNLICH
VERTMIN CAP AN COMGEN GR CAP STRENG VERTRAULICH
ANTWORTEN SIE SOFORT DURCH LEITUNG DES TELEGRAMMBÜROS STP WIE WIRD DER NÄCHSTE FEINDLICHE ANGRIFF ENDEN WENN ALLE UNSERE STREITKRÄFTE AN ZENTRALEM PUNKT KONZENTRIERT WERDEN UND NUR KLEINE AUSBILDUNGSKADER UND ZIVILISTEN BEI HENKEL-KUGELN ZURÜCKGELASSEN WERDEN STP ANTWORTEN SIE STRENG VERTRAULICH UNTER KATEGORIE LEBENSWICHTIG STP JAMES CORDOVAN VERTMIN CAP

LEBENSWICHTIG 04-20-2308-1714TCT PERSÖNLICH
COMGEN GR CAP AN VERTMIN DURCH LEITUNG DES TELEGRAMMBÜROS STRENG VERTRAULICH STP NACH MEINER MEINUNG HÄTTEN WIR GUTE CHANCEN STP ERSTER VERNÜNFTIGER PLAN DER SEIT VIER JAHREN AUS CAP KOMMT STP DAMIT WERDEN RYSTENKO UND SEINE

KREATUR GORLEY ABER NIEMALS EINVERSTANDEN SEIN STP SORGEN SIE DAFÜR DASS GORLEY NICHT ZUM PRÄSIDENTEN GEHT STP GORLEY IST CLEVER STP HERR MINISTER WENN SIE IHREN PLAN VERWIRKLICHEN WOLLEN MÜSSEN SIE DEN PRÄSIDENTEN DAZU BEWEGEN RYSTENKO ABZUSETZEN UND EINEN NEUEN OP-CHEF ZU ERNENNEN STP JEDER VERNÜNFTIGE MENSCH WEISS DASS DIE DERZEITIGEN PLÄNE EINEM SELBSTMORD GLEICHKOMMEN STP VERNON L HAUSER COMGEN GR CAP

4-20-2308

Büro des Unterstaatssekretärs im Verteidigungsministerium
Lieber Jim,

Colonel Gorley hat vom Präsidenten den *Befehl* erhalten, Dich zu sprechen, und zwar *heute.* Der Colonel ist ein mächtiger Mann und zu allem entschlossen, wenn es um seine Pflichterfüllung geht. Jim, ich glaube, es wäre besser, wenn Du Dich nicht gegen Gorley und den Präsidenten auflehnen würdest. Ich sage Dir das als Freund, Jim. Gorley *wird Dich noch heute sprechen.*

Birdie

4-20-2308

Büro des Verteidigungsministers
Lieber Birdie,

warum hast Du mir nicht gesagt, daß der Präsident dem Colonel aufgetragen hat, mich noch *heute* zu sprechen? Er kann zu mir kommen, wenn ich mit meiner Arbeit fertig bin, etwa in eineinhalb Stunden oder, wie er es ausdrücken würde, in 1854 Stunden. Birdie, würdest Du mal wiederholen, wie Du Colonel Gorleys äußere Erscheinung beschrieben hast? Ich glaube, er erinnert mich an jemanden, den ich als Kind kannte.

Jim

Büro des Verteidigungsministers
An den Leiter des Telegrammbüros:
Übermitteln Sie folgendes:

LEBENSWICHTIG 04-20-2308-1722TCT PERSÖNLICH

VERTMIN CAP AN COMGEN GR CAP STRENG VERTRAULICH

ANTWORTEN SIE SOFORT DURCH DIE LEITUNG DES TELEGRAMMBÜROS STP SITUATION KRITISCH STP GORLEY WAR BEREITS BEIM PRÄSIDENTEN UND HAT IHN UNTER KONTROLLE GEBRACHT STP PRÄSIDENT AUF GORLEYS SEITE STP GORLEY WARTET IM VORZIMMER AUF EINE UNTERREDUNG MIT MIR STP IST BESTREBT AUCH MICH UNTER KONTROLLE ZU BRINGEN STP NACH MEINER MEINUNG BESTEHT DIE EINZIGE LÖSUNG DES PROBLEMS DARIN ALLES ÜBER DEN HAUFEN ZU WERFEN UND VON VORN ANZUFANGEN STP WARUM KANN ICH NICHT PERSÖNLICH BEFEHLEN DIE STREITKRÄFTE NEU ZU GRUPPIEREN STP GIBT ES EIN ZWEITES CAPITOL WIE ICH GERÜCHTEWEISE GEHÖRT HABE STP GIBT ES EIN ZWEITES CAPITOL DAS MIT SKELETT CREWS BESETZT UND BEREIT IST EINZUGREIFEN WENN DEM DERZEITIGEN CAPITOL IRGEND ETWAS ZUSTÖSST STP WÜRDEN SIE ALS OPCHEF FUNGIEREN WENN ICH SIE DAZU AUFFORDERE STP ICH WÜRDE IHNEN DEN DIREKTEN AUFTRAG ERTEILEN EINE GEFÄHRLICHE UNDANKBARE MISSION VON LEBENSWICHTIGER DRINGLICHKEIT ZU ÜBERNEHMEN STP WÜRDEN SIE MIR SOFORT GEHORCHEN OHNE FRAGEN ZU STELLEN STP ANTWORTEN SIE SOFORT DURCH DIE LEITUNG DES TELEGRAMMBÜROS STP STRENG VERTRAULICH UNTER KATEGORIE LEBENSWICHTIG STP JAMES CORDOVAN VERTMIN CAPITOL

LEBENSWICHTIG 04-20-2308-1730TCT PERSÖNLICH

COMGEN GR CAP AN VERTMIN CAP DURCH LEITUNG DES TELEGRAMMBÜROS STRENG VERTRAULICH STP WIE MACHT GORLEY DAS NUR STP JA SIE KÖNNEN DEN STREITKRÄFTEN DIREKTE BEFEHLE GEBEN ABER WAS NÜTZT DAS WENN DER PRÄSIDENT GEGENBEFEHLE ERTEILT STP JA ES EXISTIERT EIN HILFSCAP UND ES IST BEREIT DIE FUNKTION VON CAP ZU ÜBERNEHMEN STP ABER WENN WIR DAS GEGENWÄRTIGE CAP DURCH FEINDLICHE AKTION VERLIEREN WERDEN WIR SO GESCHWÄCHT SEIN DASS DEM HILFSCAP NICHTS ANDERES ÜBRIGBLEI-

BEN WIRD ALS SICH ZU UNTERWERFEN STP JA ICH WERDE ALS OP-CHEF FUNGIEREN WENN SIE ES BEFEHLEN STP ICH WERDE BEFEHLE AUSFÜHREN OHNE RÜCKSICHT AUF GEFAHREN UND UNDANKBARE AUFGABEN STP ICH WERDE SOFORT IN AKTION TRETEN OHNE FRAGEN ZU STELLEN STP ABER ICH KANN IHREN BEFEHLEN NUR FOLGE LEISTEN WENN ICH VON KEINER HÖHEREN AUTORITÄT GEGENBEFEHLE BEKOMME STP DIESE HÖHERE AUTORITÄT WÄRE DER PRÄSIDENT STP VERNON L HAUSER COMGEN GR CAP

4-20-2308

Büro des Unterstaatssekretärs im Verteidigungsministerium

Lieber Jim,

hör mal, alter Junge, Du kannst doch nicht erwarten, daß ein Mann wie Colonel Gorley eineinhalb Stunden in Deinem Vorzimmer herumsitzt, wenn er im Auftrag des Präsidenten hier ist. Was Colonel Gorleys Erscheinung betrifft, so ist er, wie bereits gesagt, sehr kräftig und muskulös, und er hat seltsame, durchdringende Augen. Ich könnte noch hinzufügen, daß diese Augen große Willenskraft und Charakterstärke verraten. Und Du willst mit diesem Mann und dem Präsidenten die Klingen kreuzen. Colonel Gorley sagt, es sei ‚unwahrscheinlich', daß Du ihn als Kind gekannt hast. Er kommt aus einer Gegend, wo er als Kind nicht genug zu essen hatte. Das erklärt seine periodischen Anfälle von Freßlust. Er ist böse auf Dich, Jim, und er steht dem Präsidenten sehr nahe. Ich glaube nicht, daß er noch lange warten wird, Jim. Bedenke, daß es seine Pflicht ist, mit Dir zu sprechen. Wach endlich auf, Jim!

Birdie

Büro des Verteidigungsministers 3-20-2308

An den Leiter des Telegrammbüros:

Übermitteln Sie folgendes:

LEBENSWICHTIG 04-20-2308-1734TCT PERSÖNLICH

VERTMIN CAP AN COMGENS ALLER SEKTOREN

GENERAL J J RYSTENKO AB SOFORT SEINES POSTENS ALS OP-CHEF GS ENTHOBEN RPT ENTHOBEN STP GENERAL LIEUTENANT VERNON L

HAUSER AB SOFORT ZUM OP-CHEF GS ERNANNT RPT ZUM OP-CHEF GS ERNANNT STP ICH HABE VOLLES VERTRAUEN ZU GENERAL HAUSER STP JEDES ZÖGERN IN DER BEFOLGUNG DER BEFEHLE DIE GENERAL HAUSER IN DER BEVORSTEHENDEN UNGEWÖHNLICHEN SITUATION ERTEILEN WIRD MUSS ICH ALS UNMITTELBARE BEDROHUNG FÜR DIE SICHERHEIT UNSERER RASSE BETRACHTEN STP IN DIESEN UNSICHEREN ZEITEN SIND STANDHAFTIGKEIT UND SOFORTIGER GEHORSAM LEBENSWICHTIGE EIGENSCHAFTEN STP GOTT SEI MIT EUCH UND GEBE EUCH KRAFT IM KAMPF GEGEN DEN FEIND STP JAMES CORDOVAN VERTMIN CAPITOL

LEBENSWICHTIG 04-20-2308-1735TCT STAB
VERTMIN CAPITOL AN ALLE STATIONEN
ZU IHRER INFORMATION STP ERFAHRUNGEN MIT FEINDLICHEM GEFANGENEN WEISEN DARAUF HIN DASS DIE FREMDEN ÜBER KURZE DISTANZ HINWEG GROSSE HYPNOTISCHE KRÄFTE BESITZEN STP DESHALB IST ES RATSAM KEINE FEINDE GEFANGENZUNEHMEN

LEBENSWICHTIG 04-20-2308-1736TCT PERSÖNLICH
VERTMIN CAPITOL AN COMGEN GR CAPITOL
ICH BEFEHLE IHNEN CAPITOL RPT CAPITOL ZUM FRÜHESTMÖGLICHEN ZEITPUNKT DER SICH MIT DER SICHERHEIT DER STREITKRÄFTE VEREINBAREN LÄSST ZU ZERSTÖREN RPT ZU ZERSTÖREN STP DANN KONZENTRIEREN SIE DIE STREITKRÄFTE SO WIE SIE ES FÜR RICHTIG HALTEN STP JAMES CORDOVAN VERTMIN CAP

4-20-2308

Büro des Unterstaatssekretärs im Verteidigungsministerium
Lieber Jim,

Du bist ein bißchen zu weit gegangen, als Du Colonel Gorley und den Präsidenten auf so beleidigende Weise herausgefordert hast. Der Colonel hat beschlossen, nicht länger zu warten und seine Pflicht sofort zu erfüllen. Er wird jetzt zu Dir hineingehen, ob Deine Tür verschlossen ist oder nicht.

Birdie

4-20-2308

Büro des Verteidigungsministers
Lieber Birdie,

sag Colonel Gorley, daß ich meine Dienstpistole in der Hand habe und seine phantastischen rekuperativen Fähigkeiten gern testen würde – mit dieser Waffe und mit anderen. Sag ihm das!

Jim

ROUTINE 04-20-2308-1700TCT STAB
COMGEN IV AN OP-CHEF GS CAPITOL
PLANET FÜNF RPT FÜNF VOLLSTÄNDIG UNTER KONTROLLE GEBRACHT

04-20-2308

Büro des Unterstaatssekretärs im Verteidigungsministerium
Jim!

Was meinst Du? Was geht hier vor?

Birdie

04-20-2308

Büro des Verteidigungsministers
Lieber Birdie,

danke, daß Du Colonel Gorley zu mir geschickt hast. Er hat mir unsere Verteidigungsstrategie zu meiner größten Zufriedenheit erklärt.

Jim

LEBENSWICHTIG 04-20-2308-1750TCT STAB
COMGEN GR CAP AN ALLE STATIONEN
U EXPLOSION CAPITOL
U EXPLOSION CAPITOL
U EXPLOSION CAPITOL
U EXPLOSION CAPITOL
U EXPLOSION CAPITOL
EXPLOSIONEN IN RASCHER FOLGE STP NICHT DURCH FEINDLICHES EINGREIFEN BEOBACHTUNGSZEIT 04-20-2308-1746TCT LEBENSWICHTIG TRANSMISSION DREIMAL IN ZEHN MINUTEN ABSTAND

Tony Lewis ist ein gutes Beispiel für den Science Fiction-Fan, der zum Autor wurde. Er war jahrelang in einer Fan-Organisation tätig und schreibt nun SF-Stories für Analog Science Fiction/Science Fact. *Wir prophezeien, daß* Request for Proposal *(*Analog, *November 1972) noch oft nachgedruckt werden wird, denn diese Erzählung ist auf hervorragende Weise exemplarisch für die Social Science Fiction und das Thema wahnwitziger Bürokratie.*

Anthony R. Lewis

Bitte um Vorschläge

REQUEST FOR PROPOSAL

RESSORT FÜR WOHNUNGSBAU UND STÄDTISCHE ENTWICKLUNG
ROBERT-F.-KENNEDY-FORSCHUNGSZENTRUM

Vom Chef der Abteilungen für Verbesserungen und Wiederanpassung
An die Mitglieder der Abteilung
DATUM: 7. MÄRZ 1984
BETRIFFT: KOSTENEFFEKTIVE OPTIMIERUNG DER INNERSTÄDTISCHEN WECHSELWIRKSAMEN STABILISIERUNG

1. Ich beziehe mich auf die Rede des Präsidenten vom 1. März, in der er die Notwendigkeit erwähnte, die Probleme der innerstädtischen personellen und materiellen Wechselwirkung auf moderne, kosteneffektive Weise zu lösen, indem die Technologie des Kunststadiums angewandt wird.

2. Weiterhin beziehe ich mich auf die Feststellung des Ministers für Haushaltsführung und städtische Entwicklung, in der er die Rolle dieses Ministeriums bei der Lösung des substantiellen Problems unserer Gesellschaft und des Bedarfs an zusätzlicher Konsolidierung bekräftigt.

3. Weiterhin beziehe ich mich auf eine Äußerung des Zentrumsdirektors, der die einzigartigen Fähigkeiten dieses Zentrums hervorhebt, die der Geschichte der Universität und den industriellen Beziehungen sowie den innerhäuslichen Einrichtungen und dem Mitarbeiterstab zuzuschreiben sind.

4. Im Zusammenhang mit Absatz 1 bis 3 möchte ich alle Techniker unserer Abteilung bitten, mir bis zum 14. März ihre Vorschläge zu unterbreiten, auf welche Weise unsere Abteilung bei der Erreichung dieser nationalen Ziele mitwirken kann.

a) Diese Vorschläge müssen noch nicht in ihre endgültige Form gebracht werden.

b) Fügen Sie bitte hinzu, wie viele Arbeitsstunden die Verwirklichung Ihres Vorschlags erfordern wird und in welcher Höhe sich die Kosten bewegen werden.

c) Ich würde gern neue Konzepte sehen: Bedenken Sie, daß der Präsident uns gebeten hat, die Probleme zu lösen, und nicht, ihre Symptome aufzuzeigen.

Investieren Sie in Amerika
Kaufen Sie die Sicherheitsaktien der Vereinigten Staaten

RESSORT FÜR WOHNUNGSBAU UND STÄDTISCHE ENTWICKLUNG
ROBERT-F.-KENNEDY-FORSCHUNGSZENTRUM

Von Gordon Rogers
An den Leiter der Abteilung für Verbesserung
DATUM: 13. MÄRZ 1984
BETRIFFT: KOSTENEFFEKTIVE OPTIMIERUNG DER INNERSTÄDTISCHEN WECHSELWIRKSAMEN STABILISIERUNG (AKTENNOTIZ VOM 7. MÄRZ 1984)

Wenn ich an den Absatz 4 Ihrer Aktennotiz denke, so scheint sich das Problem in die Gebiete des Materiellen und des Personellen zu spalten. Wie auch immer, die Lösung, die ich vorschlage, wird in beiden Sektoren gleichermaßen wirksam sein. (Dies wird zu Ersparnissen sowohl auf dem Gebiet der Beschaffung als auch auf dem der Verwaltung führen.)

Das materielle Problem besteht essentiell darin, daß veraltete, abgenützte Wohnhäuser (bis zu einem gewissen Grad auch Industriegebäude) ersetzt werden müssen, und zwar auf kontrollierte ökonomische Weise.

Mit folgenden größeren Problemen muß man rechnen: Gewerkschaftsregulationen, lokale Bauvorschriften, Mangel an Spezialwerkzeugen und -techniken.

All dies führt logischerweise dazu, daß es eine gewisse Zeit dauern wird, diese Idee zu verwirklichen, und daß erhöhte Kosten damit verbunden sind. Die derzeit übliche Patchwork-Methode erschwert es überdies, auf lange Sicht und in großem Umfang zu planen, was die Säuberung der Slums und die Erneuerung der Stadt betrifft.

Das personelle Problem ist eng mit älteren Gebäuden verbunden (die zu viele Verteidigungspositionen fördern), wodurch ein legales Einschreiten schwierig wird. Das ungeplante Wachstum der Stadt (vor allem in den schmalen, kurzen Straßen) behindert eine effektive Kontrolle städtischer Unruhen und Aufstände.

Die offensichtliche Lösung all dieser Probleme liegt in der Verwendung von möglichst unnachgiebigen taktischen Nuklearapparaten, den Hauptkomponenten eines modernen, effektiven Slumsäuberungs- und Aufstandskontrollprogramms. Es wird erwartet, daß genügend viele Apparate vom Verteidigungsministerium zur Verfügung gestellt werden, auf unsere Kosten. Im weiteren Verlauf des Programms könnten andere Quellen auf Wettbewerbsbasis angezapft werden, was die Kosten senken würde.

Das Ressort könnte das Programm direkt leiten oder als Vertragspartner des Staates fungieren.

Ich schätze, im ersten Jahr werden sich die Kosten auf 4 700 000 Dollar belaufen und vierzig Arbeitsjahre erfordern, im Technik- und im Versorgungsbereich.

Investieren Sie in Amerika
Kaufen Sie die Sicherheitsaktien der Vereinigten Staaten

RESSORT FÜR WOHNUNGSBAU UND STÄDTISCHE ENTWICKLUNG
ROBERT-F.-KENNEDY-FORSCHUNGSZENTRUM

Vom Leiter der Abteilung für Verbesserungen
An Gordon Rogers
DATUM: 29. MÄRZ 1984
BETRIFFT: IHRE AKTENNOTIZ VOM 13. MÄRZ 1984

Meinen Sie das ernst? Sie schlagen vor, daß wir diese Gebiete mitsamt ihren Bewohnern essentiell eliminieren sollen – ohne Vorwarnung. Was Sie da vorschlagen, ist administrativer Mord – dies sind immerhin menschliche Lebewesen. Vielleicht wollten Sie einen Scherz machen, aber wenn das der Fall ist, so ist es ein sehr schlechter Scherz. Egal, wieviel Geld man dadurch einsparen könnte, ich glaube nicht, daß irgend jemand in diesem Ressort (oder in irgendeinem anderen) solche Methoden gutheißen würde. Wenn Sie irgendwelche anderen Vorschläge haben, die auf der Linie meiner Aktennotiz vom 7. März liegen, so würde ich sie gern prüfen.

Eine Kopie dieser Aktennotiz wird in Ihrer permanenten Personalakte abgelegt.

Investieren Sie in Amerika
Kaufen Sie die Sicherheitsaktien der Vereinigten Staaten

RESSORT FÜR WOHNUNGSBAU UND STÄDTISCHE ENTWICKLUNG
ROBERT-F.-KENNEDY-FORSCHUNGSZENTRUM

Von Gordon Rogers
An den Leiter der Abteilung für Verbesserungen
DATUM: 21. MÄRZ 1984
BETRIFFT: IHRE AKTENNOTIZ VOM 19. MÄRZ

Ich habe meinen Vorschlag ernst gemeint, und ich glaube, daß er der Charta dieses Zentrums entspricht. Ich möchte Sie auf die wesentlichen Teile der Rede verweisen, die unser Präsident am 1. März hielt (einiges davon wurde in Ihrer Aktennotiz vom 7. März erwähnt), und in der er uns bittet, diese kritischen nationalen Probleme zu lösen.

Es lag nicht in meiner Absicht, meine Idee unter Geheimhaltung zu verwirklichen, denn das könnte dazu führen, daß Unschuldige ihr Leben verlieren, und dem hohen Ansehen dieses Ministeriums schaden. Nachdem ein Gebiet ausgewählt wurde, das verbessert werden soll, kann der Evakuierungsnotdienst allen in dieser Gegend wohnhaften Leuten beistehen, gemäß dem Bundesstaatlichen und Städtischen Transitgesetz von 1977. Dadurch werden alle anständigen, gesetzesfürchtigen Bürger im betreffenden Reorganisationsgebiet nicht weniger als achtundvierzig Stunden Zeit haben, sich anderswo niederzulassen. Natürlich würden sie Optionen erhalten, um nach Abschluß des Reorganisationsprogramms neue Häuser in dem verbesserten Gebiet mieten zu können.

Da die Adressen aller Bürger, die in unserem Land wohnen, im Nationalen Datensystem verzeichnet sind, kann man den Evakuierungsnotdienst zu allen Bewohnern des betreffenden Gebiets schicken. Ich möchte auch betonen, daß es kriminell ist, eine Adressenänderung zu melden und die Hilfe des Evakuierungsnotdienstes abzulehnen, und daß sich gesetzesfürchtige Bürger aufgrund dieses Tatbestands selbst schützen können.

Ich hoffe, daß Sie meinen Vorschlag billigen, nachdem ich diese Punkte klargestellt habe und ihn dem Ressortchef vorlegen werde. Falls mein Vorschlag nicht Ihre Billigung findet, möchte ich auf folgendes hinweisen: Da er sich mit einem Thema befaßt, das als ‚Thema von nationaler Priorität' bezeichnet wurde, muß er weitergeleitet werden – nach den Bürgerregulationen (105.8) und den internen Operationsinstruktionen des Ressorts für Haushaltsführung und städtische Entwicklung (RA25-3[c]).

Investieren Sie in Amerika
Kaufen Sie die Sicherheitsaktien der Vereinigten Staaten

RESSORT FÜR WOHNUNGSBAU UND STÄDTISCHE ENTWICKLUNG
ROBERT-F.-KENNEDY-FORSCHUNGSZENTRUM

Vom Leiter der Abteilung für Verbesserungen
An den Leiter der Abteilung für Wiederanpassung
DATUM: 28. MÄRZ 1984
BETRIFFT: VORGESCHLAGENES PROGRAMM ZUR KOSTENEFFEKTIVEN OPTIMIERUNG DER INNERSTÄDTISCHEN WECHSELWIRKSAMEN STABILISIERUNG

Dieser Vorschlag wird Ihnen als ‚Thema von nationaler Priorität' vorgelegt, nach den Bürgerregulationen (105.8) und den internen Operationsinstruktionen des Ressorts für Haushaltsführung und städtische Entwicklung (RA25-3[c]).

Vom Leiter der Abteilung für Verbesserung und Reorganisation wurde der Vorschlag nicht gutgeheißen.

Wenn es auch offensichtlich ist, daß dieser Vorschlag allein schon aus moralischen und humanitären Gründen abgelehnt werden muß, habe ich doch eine Liste technischer Hinderungsgründe beigelegt, die ebenfalls ausreichen müssen, um dieses Programm abzulehnen.

Anlage: Liste technischer Hinderungsgründe.

Investieren Sie in Amerika
Kaufen Sie die Sicherheitsaktien der Vereinigten Staaten

RESSORT FÜR WOHNUNGSBAU UND STÄDTISCHE ENTWICKLUNG
ROBERT-F.-KENNEDY-FORSCHUNGSZENTRUM

Vom Leiter der Abteilung für Wiederanpassung
An Gordon Rogers

DATUM: 2. APRIL 1984

BETRIFFT: VORGESCHLAGENES PROGRAMM ZUR KOSTENEFFEKTIVEN OPTIMIERUNG DER INNERSTÄDTISCHEN WECHSELWIRKSAMEN STABILISIERUNG

Diese Abteilung hat das von Ihnen vorgeschlagene Programm erhalten und geprüft und dabei folgende Probleme erkannt. Nach unserer Meinung würde jedes einzelne Problem genügen, um das Programm abzulehnen.

1. Zu welchem Prozentsatz besteht das potentielle Verbesserungsgebiet aus Industriegebäuden? Dies ist äußerst wichtig, da deren Eliminierung zu verminderten Steuereinnahmen führen würde.

2. Welche Maßnahmen könnten getroffen werden, um eine Verbitterung der Bevölkerung wegen der Wohnungsknappheit zu verhindern, da die verminderte Nachfrage nicht mit dem verminderten Angebot konform gehen wird? (Unter der Voraussetzung, daß die Leute die Hilfe des Evakuierungsnotdienstes annehmen.)

3. Welche Schäden würden in benachbarten, nichtverbesserungsbedürftigen Gebieten entstehen? Wie könnten Übergriffe und Irrtümer verhindert werden? Wie groß dürfte die Toleranzspanne solcher ‚Fehler' sein, was den personellen und den materiellen Sektor betrifft?

4. Welche Eindämmung wäre nach den Bedingungen des Nuklearen-Testverbot-Abkommens erforderlich?

5. Wie hoch wären die zusätzlichen Kosten, wenn es nötig werden sollte, eine Diserpsion der radioaktiven Ausschüttung zu verhindern bzw. den betroffenen Gebieten Schadenersatz zu zahlen, falls dies ökonomischer wäre?

6. Welche spezifischen Schwierigkeiten könnten uns die Gewerkschaften machen? Wäre es besser, die betreffenden Leute neu auszubilden oder in Pension zu schicken?

7. Um die Kosteneffektivität zu demonstrieren, müssen wir ein Versuchsprogramm laufen lassen. Wie müßte es aussehen – unter besonderer Berücksichtigung der eventuell auszuwählen-

den Gebiete? Könnten Sie den Plan für ein solches Programm kurz umreißen, mit besonderen Hinweisen auf die Auswahl der zu verbessernden Gebiete, so daß man die Effektivität mit den Resultaten vergleichen könnte?

Wenn Sie die oben angeführten Probleme bis zum 9. April nicht lösen können, sehe ich keine andere Möglichkeit, als Ihren Vorschlag abzulehnen.

Eine Kopie dieser Aktennotiz geht an den Leiter Ihrer Abteilung.

Investieren Sie in Amerika
Kaufen Sie Sicherheitsaktien der Vereinigten Staaten

RESSORT FÜR WOHNUNGSBAU UND STÄDTISCHE ENTWICKLUNG
ROBERT-F.-KENNEDY-FORSCHUNGSZENTRUM

Von Gordon Rogers
An den Leiter der Abteilung für Wiederanpassung
DATUM: 9. APRIL 1984
BETRIFFT: IHRE AKTENNOTIZ VOM 2. APRIL 1984

1. Die Daten von 1980 zeigen an, daß in den potentiellen Verbesserungsgebieten unter vier Prozent der Gebäude (in Bodennähe) als industriell klassifiziert sind. Von diesen Bauten sind über neunzig Prozent älter als 60 (sechzig) Jahre und gelten als unzulänglich.

2. Das Problem vorübergehender Unterkünfte kann nach dem Bundesstaatlichen Transitgesetz von 1977 gelöst werden. Die Leute, die nicht in der Lage sind, unabhängig von uns Quartiere zu finden (bei Verwandten und Freunden oder mit Hilfe von Privatagenturen), werden von der Bundesregierung aufgenommen, entweder in ökologischen Verbesserungs-Wiedereinquartierungs-Lagern, oder sie dienen als Urbanrekruten (auf quasi-freiwilliger Basis) bei den Bewaffneten Streitkräften des Friedenscorps.

3. Nachdem die Technologie unserer nuklearen Apparate

das Kunststadium erreicht hat, können irrtümliche Abweichungen auf zwanzig Fuß (das entspricht etwa einer Straßenbreite) reduziert werden. Die größte Fehlerquelle liegt in der Aufstellung der Apparate. Wenn wir uns um die Aufstellung kümmern, kann diese Fehlerquelle eliminiert werden. Die Genauigkeit der Aufstellung via Fernlieferung hat eine Abweichungsrate von zwanzig Fuß (am Boden) und fünfzig Fuß (in der Luft). Da die angrenzenden Gebiete vermutlich in absehbarer Zeit ebenfalls verbesserungswürdig sein werden, dürften in dieser Hinsicht keine Probleme entstehen.

In einigen Fällen müssen wir allerdings mit solchen Problemen rechnen. Dann muß man sich zwischen einer gesteigerten Nachgiebigkeit der Apparate, verbunden mit einer zusätzlichen manuellen Säuberungsaktion an den Peripherien, oder Schadenersatzzahlungen an die Überlebenden und/oder Erben in den umliegenden Gebieten im Fall einer nicht optimalen Aufstellung der Apparate entscheiden. Was ökonomischer ist, hängt natürlich von den Details der spezifischen Fälle ab. Hier wäre es angebracht, einen Vertrag mit einer Beratungsfirma abzuschließen, die für jeden Fall die Vor- und Nachteile dieser oder jener Möglichkeit ausrechnen könnte.

4. Semantisch betrachtet, handelt es sich hier um keinen Test. Trotzdem werden wir uns an die Bedingungen des Vertrags halten, da sich diese Aktion gegen niemanden richtet, sondern einen korrektiven, konstruktiven Zweck verfolgt. Die jüngsten städtischen Entwicklungen in anderen Ländern veranlassen mich zu der Vermutung, daß man unser mit Sicherheit erfolgreiches Programm bald andernorts übernehmen wird. Möglicherweise können ähnliche Programme in Zukunft auf internationaler Ebene abgewickelt werden – unter Berücksichtigung der erforderlichen Sicherheitsprobleme.

5. In den meisten Fällen ist eine Eindämmung im voraus nicht praktikabel. Die Pläne der gegenwärtigen Apparate zeigen an, daß die Folgen größerer radioaktiver Ausschüttungen aus neutronenaktivierten Artefakten bestehen. Den Berechnungen kann man entnehmen, daß durch richtige Postie-

rung der Apparate bis zu sechsundsiebzig Prozent der spezifisch radioaktiven Präsenz ausgeschaltet werden können. Die Schadenersatzzahlungen werden durch den Paragraphen 7 des Bundesstaatlichen Städtischen Transitgesetzes von 1977 abgedeckt.

6. Das Studium der Dokumente und Ansprachen ergibt, daß die Zahlung eines Pauschalbetrags an die Pensionsfonds der Gewerkschaften und Versprechen, Arbeitsplätze beim Wiederaufbau in den Verbesserungsgebieten zur Verfügung zu stellen, adäquat sind. Vielleicht könnte man Verträge mit den betroffenen Gewerkschaften abschließen.

7. Ein Versuchsprogramm ist natürlich unumgänglich. Um die nötigen Hintergrunddaten zu erhalten, sollten wir (vielleicht im Testgebiet von Nevada) mehrere Häuser verschiedener Stilrichtungen bauen, so wie man sie in den potentiellen Verbesserungsgebieten der größeren Städte antreffen würde. Diese würde man mit Personal aus dem Verteidigungs- und dem Arbeitsministerium besetzen (persönliche Eignung etc. müßte per Computer festgestellt werden). Die Kosten für das Personal müßten nach einem Pro-Kopf-pro-Tag-Schlüssel berechnet werden und wären dem Universalen Einberufungsgesetz von 1979 zufolge extrem niedrig. Wenn diese Phase verlängert werden müßte, da man vielleicht Spezialdaten von einzelnen Städten braucht, wird sich vielleicht ein Teil des temporär evakuierten Personals (siehe Absatz 2) freiwillig melden, da es weiß, daß es an einer Lebensqualitätsverbesserung seiner sozioökonomischen Klasse mitarbeitet.

Diese Daten werden uns befähigen, die richtigen Städte für das Testprogramm auszusuchen und Nebenwirkungen zu eliminieren, die auf die Verschiedenheit der Grundsubstanzen in den Städten zurückzuführen wären, in die unsere individuellen Verbesserungsgebiete eingebettet sind.

Ich nehme an, daß ich hiermit alle Ihre Fragen beantwortet habe. Ich bitte darum, meinen Vorschlag als ‚Thema von nationaler Priorität' dem Direktor des Zentrums zu unterbreiten, nach den Bürgerregulationen (105.8) und den internen

Operationsinstruktionen des Ressorts für Haushaltsführung und städtische Entwicklung (RA25-3[c]), außerdem im Zusammenhang mit den Wünschen, die der Präsident in seiner Rede am 1. März 1984 geäußert hat.

Eine Kopie dieser Aktennotiz bleibt in der Abteilung für Verbesserungen.

Investieren Sie in Amerika
Kaufen Sie Sicherheitsaktien der Vereinigten Staaten

RESSORT FÜR WOHNUNGSBAU UND STÄDTISCHE ENTWICKLUNG
ROBERT-F.-KENNEDY-FORSCHUNGSZENTRUM

Vom Leiter der Abteilung für Wiederanpassung
An den Direktor des Robert-F.-Kennedy-Forschungszentrums
DATUM: 13. APRIL 1984
BETRIFFT: VORGESCHLAGENES PROGRAMM ZUR KOSTENEFFEKTIVEN OPTIMIERUNG DER INNERSTÄDTISCHEN UND WECHSELWIRKSAMEN STABILISIERUNG

1. Hier wird ein Programm zur kosteneffektiven Optimation der innerstädtischen wechselwirksamen Stabilisierung als ‚Thema von nationaler Priorität' nach den Bürgerregulationen (105.8), den internen Operationsinstruktionen des Ressorts für Wohnungsbau und städtische Entwicklung und der Zentrumsdirektive XLR-2527-003 vorgelegt.

2. Dieser Vorschlag ist eine Antwort auf unsere Zentrumsaktennotiz vom 7. März 1984.

Dieses Programm wurde weder vom Leiter der Abteilung für Verbesserungen noch vom Leiter der Abteilung für Wiederanpassung gebilligt.

4. Wir sind der Ansicht, daß dieser Vorschlag in hohem Maße unmoralisch ist und abgelehnt werden muß.

Eine Kopie geht an Gordon Rogers, Abteilung für Verbesserungen.

Investieren Sie in Amerika
Kaufen Sie Sicherheitsaktien der Vereinigten Staaten

RESSORT FÜR WOHNUNGSBAU UND STÄDTISCHE ENTWICKLUNG
ROBERT-F.-KENNEDY-FORSCHUNGSZENTRUM

Vom Direktor des Robert-F.-Kennedy-Forschungszentrums
An den Leiter der Abteilung für Wiederanpassung
DATUM: 18. APRIL 1984
BETRIFFT: VORGESCHLAGENES PROGRAMM ZUR KOSTENEFFEKTIVEN OPTIMIERUNG DER INNERSTÄDTISCHEN WECHSELWIRKSAMEN STABILISIERUNG

1. Angesichts der öffentlichen Äußerungen sowohl des Präsidenten als auch des Ministers für Wohnungsbau und städtische Entwicklung und der Tatsache, daß diese Angelegenheit ein ,Thema von nationaler Priorität' ist, glaube ich nicht, daß wir diesen Vorschlag aus Gründen, die nicht im Bereich technischer Unzulänglichkeiten zu suchen sind, ablehnen können.

2. Die folgenden wichtigen Fragen wurden im vorgelegten Programm nicht beantwortet:

2.1 Die Kontrolle der in diesem Programm verwendeten Apparate obliegt der Atomenergiekommission und/oder dem Verteidigungsministerium. Ist es durchführbar, ein Zusatzprogramm aufzustellen, wie ein Transfer von dieser Größenordnung vonstatten gehen soll?

2.2 Auf welche Weise könnten Aktionen widerspenstiger Elemente in den potentiellen Verbesserungsgebieten die richtige Aufstellung der Apparate beeinträchtigen – in Anbetracht der Tatsache, daß die Leute mindestens achtundvierzig Stunden vor der Aktion verständigt werden sollen?

2.3 Bei der Auswahl der Verbesserungsgebiete muß berücksichtigt werden, daß die derzeitigen Kongreßabgeordneten auf keinen Fall dezimiert werden dürfen.

3. Bitte, veranlassen Sie Mr. Rogers, meine Fragen in Absatz 2 vor dem 25. April 1984 zu beantworten.

Eine Kopie geht an die Abteilung für Verbesserungen.

Investieren Sie in Amerika
Kaufen Sie Sicherheitsaktien der Vereinigten Staaten

RESSORT FÜR WOHNUNGSBAU UND STÄDTISCHE ENTWICKLUNG
ROBERT-F.-KENNEDY-FORSCHUNGSZENTRUM

19. April 1984

An. Dr. J. Moriarty (Code 21-5)
Ressort für nukleare Verteidigung
Washington, D. C., 20301

Lieber Jim,

wir haben hier ein Programm, das den Wünschen entspricht, die der Präsident in seiner Rede am 1. März geäußert hat, was die Erhebung der innerstädtischen Probleme zum ‚Thema von nationaler Priorität' betrifft. Die offiziellen Gesuche sind unterwegs, aber ich würde gern inoffiziell mit Dir darüber reden.

Gordon Rogers

Investieren Sie in Amerika
Kaufen Sie Sicherheitsaktien der Vereinigten Staaten

RESSORT FÜR WOHNUNGSBAU UND STÄDTISCHE ENTWICKLUNG
ROBERT-F.-KENNEDY-FORSCHUNGSZENTRUM

19. April 1984

An Col. S. Moran (Code RM-37)
Atomenergiekommission der Vereinigten Staaten
Washington, D. C., 20545

Lieber Sebastian,

im Zusammenhang mit der Rede des Präsidenten am 1. März, in der er die innerstädtischen Probleme zum ‚Thema von nationaler Priorität' erhoben hat, haben wir hier ein

Programm entwickelt, das eine Zusammenarbeit unserer beiden Ressorts erfordern und uns allen Vorteile bringen würde. Ruf mich an, dann können wir darüber reden, bevor irgendwelche offiziellen Schritte unternommen werden. Liebe Grüße an Dich und Irene.

Gordon Rogers

Investieren Sie in Amerika
Kaufen Sie Sicherheitsaktien der Vereinigten Staaten

RESSORT FÜR WOHNUNGSBAU UND STÄDTISCHE ENTWICKLUNG
ROBERT-F.-KENNEDY-FORSCHUNGSZENTRUM

Vom Leiter der Abteilung für Wiederanpassung
An den Direktor des Robert-F.-Kennedy-Forschungszentrums
DATUM: 25. APRIL 1984
BETRIFFT: VORGESCHLAGENES PROGRAMM ZUR KOSTENEFFEKTIVEN OPTIMIERUNG DER INNERSTÄDTISCHEN WECHSELWIRKSAMEN STABILISIERUNG
(Ihre Aktennotiz vom 18. April 1984)

Mr. Rogers hat inoffiziell mit den zuständigen Personen im Ressort für nukleare Verteidigung und in der Atomenergiekommission gesprochen, und beide Organisationen haben uns ihre Unterstützung bei der Erfüllung der Wünsche zugesagt, die der Präsident im Zusammenhang mit der Erhebung der innerstädtischen Probleme zu einem ‚Thema von nationaler Priorität' geäußert hat (siehe Anlage A, bestätigende Aktennotizen).

Prüfen Sie bitte auch Anlage B, die Details bezüglich einer entfernten Aufstellung der Apparaturen angibt für den Fall, daß widerspenstige Elemente den gesetzlichen Autoritäten den Zugang zu den potentiellen Verbesserungsgebieten verwehren.

Prüfen Sie bitte auch Anlage C, die sich mit den Einschränkungen im Auswahlmodus befaßt, im Zusammenhang mit dem Absatz 2.3 in Ihrer Aktennotiz vom 18. April 1984.

Da ich in meiner derzeitigen Position keine Möglichkeit habe, die Verwirklichung dieses Programms zu verhindern, möchte ich hiermit kündigen.

Kopien gehen an die Abteilung für Verbesserungen und an Gordon Rogers.

Anlage: A – bestätigende Aktennotiz vom Ressort für nukleare Verteidigung und von der Atomenergiekommission

B – Zusammenfassung der legalen Aspekte und Details bezüglich der Aufstellung der Apparate in entfernten Gebieten

C – Einschränkungen im Auswahlmodus

Investieren Sie in Amerika
Kaufen Sie Sicherheitsaktien der Vereinigten Staaten

RESSORT FÜR WOHNUNGSBAU UND STÄDTISCHE ENTWICKLUNG
ROBERT-F.-KENNEDY-FORSCHUNGSZENTRUM

Vom Direktor des Robert-F.-Kennedy-Forschungszentrums
An den stellvertretenden Leiter der Abteilung für Wiederanpassung
DATUM: 3. MAI 1984
BETRIFFT: KOSTENEFFEKTIVE OPTIMIERUNG DER INNERSTÄDTISCHEN WECHSELWIRKSAMEN STABILISIERUNG

Hiermit werden Sie ermächtigt, mit der Verwirklichung des betreffenden Programms sofort zu beginnen, so wie es in unseren vorangegangenen Kommunikationen definiert wurde. Ich füge ein Zitat des Ministers für Wohnungsbau und städtische Entwicklung hinzu: ‚Dieses Programm wird die schönsten Traditionen unseres Landes fortsetzen und zum Ruhme meines Ministeriums, des Robert-F.-Kennedy-Forschungszentrums und aller direkt beteiligten Personen beitragen.‘

Kopien gehen an die Abteilung für Verbesserungen und Gordon Rogers.

Investieren Sie in Amerika
Kaufen Sie Sicherheitsaktien der Vereinigten Staaten

RESSORT FÜR WOHNUNGSBAU UND STÄDTISCHE ENTWICKLUNG
ROBERT-F.-KENNEDY-FORSCHUNGSZENTRUM

Vom stellvertretenden Leiter der Abteilung für Verbesserungen
An den Leiter des Beschaffungsamts
DATUM: 7. MAI 1984
BETRIFFT: BITTE UM ANGEBOTE

Studieren Sie bitte das Programm zur kosteneffektiven Optimierung innerstädtischer wechselwirksamer Stabilisierung.

Investieren Sie in Amerika
Kaufen Sie Sicherheitsaktien der Vereinigten Staaten

RESSORT FÜR WOHNUNGSBAU UND STÄDTISCHE ENTWICKLUNG
ROBERT-F.-KENNEDY-FORSCHUNGSZENTRUM

Datum des Erlasses: 4. Juni 1984
Betrifft: Gesuch Nr. HUD84-2101R
Titel: Kosteneffektive Optimierung der innerstädtischen wechselwirksamen Stabilisierung
Gültig ab: 9. Juli 1984, 17 Uhr (Washington, Ortszeit)
Anlage: Abgeschlossene Verträge zwischen dem Beschaffungsamt und dem Ressort für Wohnungsbau und städtische Entwicklung

Gentlemen, das US-Ressort für Wohnungsbau und städtische Entwicklung im Robert-F.-Kennedy-Forschungszentrum ersucht Ihre Organisation, Vorschläge bezüglich der Bedingungen, der Ökonomie und des Gebrauchs unnachgiebiger Nukleararapparate in der Optimierung der innerstädtischen wechselwirksamen Stabilisierung zu machen . . .

H. Beam Piper (1903–64) ist in bester Erinnerung als Autor der Paratime- *und* Terran-Federation-*Serien, die zum Großteil in den fünfziger Jahren erschienen sind. Besonders beliebt sind die Romane* Little Fuzzy *(1962) und* The Other Human Race *(1964). Seine beste Kurzgeschichte war* Omnilingual *(1957), aber die Erzählung* He walked around the Horses *(*Astounding Science Fiction, *April 1948) kommt gleich danach. Die Story basiert auf einem aktuellen historischen Mysterium, und soviel wir wissen, ist das alles wirklich geschehen*

H. Beam Piper

Er ging um die Pferde herum

HE WALKED AROUND THE HORSES

Im November 1809 verschwand ein Engländer namens Benjamin Bathurst auf unerklärliche Weise.

Er war als Gesandter seiner Regierung in Wien gewesen, am Hof des Landes, das Napoleon vom kaiserlichen Österreich übriggelassen hatte, und reiste nun nach Hamburg. In einem Gasthaus im preußischen Perleburg wurden die Pferde seiner Kutsche gewechselt. Er schlenderte durch den Hof, verschwand aus dem Blickfeld seines Sekretärs und seines Kammerdieners, und danach wurde er nie mehr gesehen.

1

(Von Baron Eugen von Krutz, Polizeiminister, an Seine Exzellenz, den Grafen von Berchtenwald, Kanzler Seiner Majestät Friedrich Wilhelm III. von Preußen)

25. November 1809

Eure Exzellenz,

diesem Ministerium kam ein Umstand zu Ohren, dessen Bedeutung ich beim besten Willen nicht erklären kann, aber da es anscheinend um Staatsangelegenheiten geht, die sowohl uns als auch das Ausland betreffen, bin ich überzeugt, daß die Sache von ausreichender Wichtigkeit ist, um die persönliche Aufmerksamkeit Eurer Exzellenz darauf zu lenken. Offen gestanden, ich bin nicht bereit, in dieser Hinsicht ohne die Ratschläge Eurer Exzellenz irgendwelche weiteren Maßnahmen zu ergreifen.

Die Situation ist, kurz gesagt, folgende: Wir halten hier im Polizeiministerium eine Person fest, die sich Benjamin Bathurst nennt und behauptet, ein britischer Diplomat zu sein. Diese Person wurde gestern in Perleburg verhaftet, nachdem es dort in einem Gasthaus zu Unruhen gekommen war. Nun wird der Mann mit der Begründung festgehalten, daß er öffentliches Ärgernis erregt und sich verdächtig gemacht hat. Als er festgenommen wurde, trug er einen Diplomatenkoffer bei sich, der mehrere Papiere enthielt. Diese Papiere sind so außergewöhnlich, daß die örtliche Polizei jede weitere Verantwortung ablehnte und den Mann nach Berlin schickte.

Nachdem ich ihn verhört und die Papiere durchgesehen habe, muß ich gestehen, daß ich mich in einer ähnlichen Lage befinde. Ich bin überzeugt, daß dies keine normale polizeiliche Angelegenheit ist. Die Sache ist äußerst seltsam und verwirrend. Allein schon die Aussagen des Mannes sind so unglaublich, daß man ihn für wahnsinnig halten müßte. Aber angesichts des vernünftigen Eindrucks, den ich von ihm gewann, und in Anbetracht der Papiere lehne ich diese Theorie ab. Doch die ganze Sache ist verrückt – unbegreiflich!

Die betreffenden Papiere liegen bei, ebenso das Protokoll der Aussagen, die der Mann in Perleburg gemacht hat, und ein persönlicher Brief meines Neffen, des Leutnants Rudolf von Tarlburg, an mich. Letzterer verdient die besondere Beachtung Eurer Exzellenz. Leutnant von Tarlburg ist ein kluger junger Offizier, der keineswegs zu übertriebenen Phantasievorstellungen neigt. Es gehört schon einiges dazu, um ihn so aus der Fassung zu bringen, wie er es geschildert hat.

Der Mann, der sich Benjamin Bathurst nennt, wurde in einer

Wohnung im Polizeiministerium untergebracht. Er wird äußerst rücksichtsvoll behandelt, und abgesehen von der Tatsache, daß er sich nicht frei bewegen kann, genießt er alle Privilegien.

Ich erwarte voller Ungeduld die Anweisungen Eurer Exzellenz etc. etc.

Krutz

2

(Bericht von Traugott Zeller, Oberwachtmeister, Staatspolizei, verfaßt in Perleburg, am 25. November 1809)

Etwa zehn Minuten nach zwei Uhr nachmittags am Samstag, dem 25. November, kam ein Mann in die Polizeistation, den ich als Franz Bauer kenne und der im Gasthaus „Schwert & Szepter", hier in Perleburg arbeitet. Franz Bauer beklagte sich bei Staatspolizeikapitän Ernst Hartenstein über einen Verrückten, der im Gasthaus Ärger mache. Staatspolizeihauptmann Hartenstein trug mir auf, ins „Schwert & Szepter" zu gehen und nach dem Rechten zu sehen.

Als ich in Begleitung besagten Franz Bauers im Gasthaus ankam, fand ich eine beträchtliche Menschenmenge im Schankraum vor, und Christian Hauck, der Wirt, führte ein hitziges Streitgespräch mit einem Fremden. Dieser Fremde machte einen vornehmen Eindruck, trug Reisekleidung und hatte einen kleinen, ledernen Diplomatenkoffer unter dem Arm. Als ich eintrat, hörte ich ihn Deutsch mit starkem englischem Akzent sprechen. Er beschimpfte den Wirt, besagten Christian Hauck, und beschuldigte ihn, Drogen in seinen Wein getan, seine Kutsche gestohlen und seinen Sekretär sowie seine Dienerschaft entführt zu haben. Dies stritt Christian Hauck entschieden ab, und die anderen Anwesenden stellten sich auf die Seite des Wirtes und erklärten, der Fremde sei verrückt.

Als ich eingetreten war, gebot ich den Leuten im Namen des Königs zu schweigen. Dann wandte ich mich an den ausländischen Herrn, da ich das Gefühl hatte, er sei der Ankläger in diesem Disput, und forderte ihn auf, seine Beschwerde vorzutragen. Er wiederholte seine Beschuldigungen gegen den Wirt und sagte, daß Hauck oder ein anderer Mann, der Hauck ähnlich sähe und behauptet habe, der Wirt zu sein, Drogen in seinen Wein getan, seine vierspännige Kutsche gestohlen und sich mit seinem Personal davongemacht hätte. Da begannen der Wirt und die anderen Anwesenden zu schreien und zu protestieren, und ich mußte mit meinem Knüppel auf den Tisch schlagen, damit wieder Ruhe einkehrte.

Ich verlangte von Hauck, er möge auf die Anklagen des Fremden antworten. Das tat er auch und stritt alles ab. Er sagte, der Fremde habe keinen Wein in seinem Gasthaus getrunken und sei erst vor wenigen Minuten in den Schankraum gekommen, um zu schreien und wilde Beschuldigungen hervorzustoßen. Da seien kein Sekretär und kein Kammerdiener und kein Kutscher und keine vierspännige Kutsche gewesen, und der Herr müsse den Verstand verloren haben. Dann rief er alle, die sich im Schankraum befanden, zu seinen Zeugen auf.

Ich bat den Fremden, sich vorzustellen, und er erklärte, er heiße Benjamin Bathurst und sei ein britischer Diplomat, der aus Wien käme und auf dem Rückweg nach England sei. Um dies zu beweisen, nahm er diverse Papiere aus seinem Diplomatenkoffer. Eines dieser Papiere war ein Schutzbrief, ausgestellt von der Preußischen Staatskanzlei, in dem er als Benjamin Bathurst bezeichnet wurde. Die anderen Papiere waren in englischer Sprache abgefaßt, mit Siegeln versehen und schienen offizielle Dokumente zu sein.

Ich ersuchte den Herrn, mich in die Polizeistation zu begleiten, ebenso den Wirt und die drei Männer, die er als Zeugen mitnehmen wollte.

Traugott Zeller
Oberwachtmeister

Bericht gelesen und genehmigt,

Ernst Hartenstein
Staatspolizeihauptmann

3

(Aussage des Benjamin Bathurst, wie er sich selbst nennt, zu Protokoll genommen in der Polizeistation von Perleburg, am 25. November 1809)

Mein Name ist Benjamin Bathurst, und ich bin Sondergesandter und bevollmächtigter Minister der Regierung Seiner Britischen Majestät am Hofe Seiner Majestät Kaiser Franz I. von Österreich, oder zumindest war ich das, bis die österreichische Kapitulation meine Rückkehr nach London erforderlich machte. Ich verließ Wien am Montagmorgen, am 20. November, um nach Hamburg zu fahren und dort per Schiff weiterzureisen. Ich reiste in meiner eigenen vierspännigen Kutsche, zusammen mit meinem Sekretär, Mr. Bertran Jardine, meinem Kammerdiener, William Small, beides Briten, sowie dem Kutscher, Joseph Bidek, einem Österreicher, den ich für diese Fahrt engagiert hatte. Wegen der Anwesenheit der französischen Truppen, denen ich nicht begegnen wollte, sah ich mich gezwungen, einen Umweg nach Westen zu machen, bis nach Salzburg, bevor ich wieder in nördlicher Richtung fuhr, nach Magdeburg, wo ich die Elbe überquerte. Nachdem ich Gera verlassen hatte, konnte ich meine Pferde nicht wechseln lassen, bis ich Perleburg erreichte, wo ich im Gasthaus „Schwert & Szepter" hielt.

Dort angekommen, ließ ich meine Kutsche im Hof des Gasthauses stehen und ging mit meinem Sekretär, Mr. Jardine, in den Schankraum. Ein Mann, nicht dieser Bursche hier, sondern ein anderer Schurke mit einem dichteren Bart, nicht so dick und noch schäbiger gekleidet, aber diesem da so ähnlich, daß er sein Bruder sein könnte, stellte sich als Wirt vor. Ich verhandelte mit ihm wegen des Pferdewechsels und bestellte eine Flasche Wein für mich und meinen Sekretär sowie je ein Bier für meinen Kammerdiener und den Kutscher, das man ihnen hinausbringen sollte. Dann setzten Jardine und ich uns an einen Tisch im Schankraum und tranken unseren Wein, bis der Kerl, der sich als Wirt ausgegeben hatte, zurückkam und uns mitteilte, die frischen Pferde seien angeschirrt, und wir könnten weiterfahren. Da gingen wir wieder hinaus.

Ich sah mir die beiden Pferde an der einen Seite an, dann ging ich um den Wagen herum und inspizierte auch die Tiere an der anderen Seite. Dabei überkam mich ein Schwindelgefühl, und mir wurde schwarz vor Augen. Ich dachte, ich sei einem Ohnmachtsanfall nahe, wozu ich ansonsten nicht neige, und ich streckte meine Hand aus, um mich an der Holmenstange festzuhalten, aber ich konnte sie nicht finden. Ich weiß nun, daß ich eine Zeitlang bewußtlos war, denn als ich wieder klar denken konnte, war die Kutsche mitsamt den Pferden verschwunden. An ihrer Stelle stand ein großer Bauernwagen, der vorne hochgebockt war. Man hatte das rechte Vorderrad abgenommen, das von zwei Bauern geölt wurde.

Ich sah sie sekundenlang an, unfähig, meinen Augen zu trauen, dann sprach ich sie auf deutsch an und fragte: „Wo, zum Teufel, ist meine vierspännige Kutsche?“

Die beiden richteten sich verwirrt auf. Der eine, der das Rad festhielt, ließ es beinahe fallen.

„Verzeihung, Exzellenz“, sagte er. „Da war keine vierspännige Kutsche – zumindest nicht, während wir hier waren.“

„Nein“, bestätigte sein Gefährte, „und wir sind schon seit Mittag hier.“

Ich versuchte nicht, mit den beiden zu argumentieren. Mir war der Gedanke gekommen, daß ich das Opfer einer Verschwörung geworden war, daß mein Wein eine Droge enthalten hatte, daß ich eine Weile bewußtlos gewesen war, daß man während dieser Zeit meine Kutsche entfernt, den Wagen an ihren Platz gestellt, die beiden Bauern daneben postiert und ihnen aufgetragen hatte, wie sie meine Fragen beantworten sollten. Wenn man meine Ankunft im Gasthaus erwartet und alles vorbereitet hatte, konnte die ganze Aktion nicht länger als zehn Minuten gedauert haben.

Ich betrat das Gasthaus, fest entschlossen, den schurkischen Wirt zur Rede zu stellen. Aber als ich in den Schankraum zurückkehrte, war er nirgends zu sehen. Dieser andere Bursche, der sich ebenfalls Christian Hauck nannte, behauptete, der Wirt zu sein, und leugnete, von den Vorfällen zu wissen, die ich soeben geschildert habe. Außerdem waren noch vier Kavalleristen anwesend, Ulanen, die Bier tranken und an dem Tisch Karten spielten, wo ich zuvor mit Jardine Wein getrunken hatte. Sie erklärten, sie würden schon seit einigen Stunden da sitzen.

Ich habe keine Ahnung, warum man mir einen so tückischen Streich gespielt hat, der die Mitwirkung so vieler Leute erforderte, und ich könnte mir höchstens vorstellen, daß die Franzosen dahinterstecken. In diesem Fall verstehe ich nicht, warum sich preußische Soldaten dazu hergegeben haben.

Benjamin Bathurst

4

(Aussage des Wirts Christian Hauck, zu Protokoll genommen in der Polizeistation von Perleburg, am 25. November 1809)

Mit Verlaub, Euer Ehren, mein Name ist Christian Hauck, und ich besitze das Gasthaus „Schwert & Szepter" schon seit fünfzehn Jahren. Davor gehörte es meinem Vater und vor ihm seinem Vater. Es ist seit fünfzig Jahren in Familienbesitz, und in dieser ganzen Zeit hat sich niemand über das Gasthaus beschwert. Euer Ehren, es ist hart für einen Mann, der ein anständiges Haus führt, seine Steuern zahlt und die Gesetze achtet, wenn er plötzlich solcher Verbrechen bezichtigt wird.

Ich weiß nichts von diesem Herrn, ich weiß auch nichts von seiner Kutsche, seinem Sekretär und seinen Dienern. Ich habe ihn nie gesehen, bevor er aus dem Hof in den Schankraum stürzte, wie ein Wahnsinniger tobte und schrie: „Wo, zum Teufel, ist dieser Schurke von Gastwirt?"

Ich sagte zu ihm: „Ich bin der Wirt. Welchen Grund haben Sie, mich Schurke zu nennen, mein Herr?"

Der Fremde erwiderte: „Sie sind nicht der Wirt, mit dem ich vor ein paar Minuten Geschäfte gemacht habe. Dieser Mann ist der Galgenstrick, mit dem ich ein Hühnchen zu rupfen habe. Ich will wissen, was, zum Teufel, er mit meiner Kutsche gemacht hat, und was mit meinem Sekretär und meinen Dienern geschehen ist."

Ich versuchte ihm klarzumachen, daß ich nicht wüßte, wovon er redete. Aber er wollte nicht auf mich hören, nannte mich einen Lügner und behauptete, man habe ihm Drogen in den Wein getan, ihn bestohlen und seine Leute entführt. Er besaß sogar die Unverschämtheit zu erzählen, er habe mit seinem Sekretär vor knapp fünfzehn Minuten an einem Tisch im Schankraum gesessen und Wein getrunken – wo doch seit Mittag vier Unteroffiziere von den Dritten Ulanen an dem nämlichen Tisch Karten gespielt hatten. Alle Leute, die sich im Raum befanden, bezeugten, daß ich die Wahrheit sagte. Aber der Fremde hörte nicht auf sie und schrie, daß wir alle Räuber, Entführer und französische Spione seien, und Gott weiß, was er uns noch alles an den Kopf warf, bis die Polizei kam.

Euer Ehren, der Mann ist verrückt. Was ich Ihnen gesagt habe, ist die reine Wahrheit und alles, was ich von dieser Sache weiß, so wahr mir Gott helfe.

Christian Hauck

5

(Aussage von Franz Bauer, Angestellter im Gasthaus „Schwert & Szepter", zu Protokoll genommen in der Polizeistation von Perleburg, am 25. November 1809)

Mit Verlaub, Euer Ehren, mein Name ist Franz Bauer, und ich arbeite im Gasthaus „Schwert & Szepter", das Christian Hauck gehört.

Als ich an diesem Nachmittag in den Hof des Gasthauses ging, um einen Eimer voll Spülwasser auf den Düngerhaufen beim Stall zu schütten, hörte ich Stimmen und drehte mich um. Da sah ich, wie dieser Herr mit Wilhelm Beick und Fritz Herzer sprach, die gerade ihr Wagenrad im Hof ölten. Er war nicht dagewesen, bevor ich mich abgewandt hatte, um den Eimer zu leeren, und ich dachte, er sei von der Straße hereingekommen. Der Herr fragte Beick und Herzer, wo seine Kutsche sei, und als sie ihm sagten, das wüßten sie nicht, rannte er ins Gasthaus.

Meines Wissens war er davor nicht drinnen gewesen. Da hatte auch keine Kutsche im Hof gestanden, und die Leute, von denen er sprach, waren auch nicht dagewesen. Nichts von dem, was er da erzählte, war passiert, denn andernfalls würde ich das wissen. Ich war nämlich den ganzen Tag im Gasthaus.

Als ich wieder hineinging, stand er im Schankraum, schrie meinen Arbeitsherrn an und behauptete, er sei unter Drogen gesetzt und beraubt worden. Ich sah, daß er verrückt war, und weil ich befürchtete, er könnte irgend etwas Schlimmes anstellen, ging ich zur Polizei.

Mit X gezeichnet von Franz Bauer

6

(Aussagen von Wilhelm Beick und Fritz Herzer, Bauern, zu Protokoll genommen in der Polizeistation von Perleburg, am 25. November 1809)

Mit Verlaub, Euer Ehren, mein Name ist Wilhelm Beick, und ich bin Pächter auf dem Gut des Barons von Hentig. An diesem Tag wurden Fritz Herzer und ich mit einer Ladung Kartoffeln und Kohl, die der Wirt vom „Schwert & Szepter“ vom Gutsverwalter gekauft hatte, nach Perleburg geschickt. Nachdem wir das Gemüse abgeladen hatten, beschlossen wir, vor der Rückfahrt unsere Wagenräder zu ölen, die ziemlich trocken waren, und so spannten wir die Pferde aus und machten uns an die Arbeit. Wir waren schon fast mit der Arbeit fertig, als uns dieser Herr ansprach. Er wollte wissen, wo seine Kutsche sei. Wir antworteten, seit wir im Hof wären, hätte da keine Kutsche gestanden, und da wandte er sich ab und rannte ins Gasthaus. Ich dachte, er hätte den Schankraum verlassen, bevor er uns angesprochen hatte, denn ich weiß, daß er nicht von der Straße gekommen sein kann. Jetzt weiß ich nicht, wo er davor war und woher er kam, aber ich weiß, daß ich ihn vor jenem Augenblick nicht gesehen habe.

Mit X gezeichnet von Wilhelm Beick

Ich habe die obige Aussage angehört, sie ist meines Wissens richtig, und ich habe nichts hinzuzufügen.

Mit X gezeichnet von Fritz Herzer

7

(Vom Staatspolizeihauptmann Ernst Hartenstein an Seine Exzellenz, Baron von Krutz, Polizeiminister)

25. November 1809

Eure Exzellenz,

die beiliegenden Aussagen, die heute zu Protokoll genommen wurden, werden erklären, wie der Gefangene, der sich Benjamin Bathurst nennt, in meinen Gewahrsam kam. Ich nahm ihn mit der Begründung fest, er habe öffentliches Ärgernis erregt und sich verdächtig gemacht, und erklärte ihm, ich würde ihn festhalten, bis ich genauere Informationen über ihn bekommen hätte. Doch da er sich als britischer Diplomat vorstellte, bin ich nicht bereit, die weitere Verantwortung für ihn zu übernehmen, und schicke ihn zu Eurer Exzellenz nach Berlin.

Ich hege starke Zweifel an der Geschichte, die der Mann erzählt hat. Die Aussage, die er gemacht und unterschrieben hat, ist schon schlimm genug, denn wie kann sich eine vierspännige Kutsche in einen Bauernwagen verwandeln, so wie eine Aschenputtelkutsche in einen Kürbis, und wie können sich drei Menschen in Luft auflösen? Eure Exzellenz wird mir gestatten anzuzweifeln, daß diese Kutsche und diese Leute jemals existiert haben. Aber das alles ist noch vernünftig und glaubwürdig, verglichen mit den Dingen, die er mir sonst noch erzählt hat und die nicht im Protokoll stehen.

Eure Exzellenz werden bemerken, daß er von einer österreichischen Kapitulation und französischen Truppen in Österreich spricht. Nachdem ich das alles notiert hatte, fragte ich, welche Kapitulation er meine und was die französischen Truppen in Österreich machen würden. Der Mann sah mich mitleidig an und sagte: „In dieser Gegend dauert es offenbar sehr lange, bis sich solche Neuigkeiten herumsprechen. Am 14. des vergangenen Monats wurde in Wien Frieden geschlossen. Und was die französischen Truppen in Österreich machen – nun, das gleiche, was Bonapartes Banditen überall in Europa machen."

„Und wer ist Bonaparte?“ fragte ich.

Er starrte mich an, als hätte ich ihn gefragt, wer Jehova wäre. Dann nickte er verständnisvoll. „So, so . . . Ihr Preußen gesteht ihm also das Recht zu, sich Kaiser zu nennen, und ihr bezeichnet ihn als Napoleon. Nun, ich kann Ihnen versichern, daß die Regierung Seiner Britischen Majestät nicht dazu bereit ist. Nicht, solange noch ein einziger Engländer einen Finger übrighat, um einen Gewehrschuß abzugeben. General Bonaparte ist ein Usurpator. Die Regierung seiner Britischen Majestät erkennt keine französische Staatsgewalt außer dem Haus Bourbon an.“

Ich brauchte eine Weile, um das alles zu verdauen. Offenbar glaubte der Bursche, die französische Monarchie sei von einem militärischen Abenteurer namens Bonaparte abgeschafft worden, der sich nun Kaiser Napoleon nannte und Österreich nach einem Krieg zur Kapitulation gezwungen hatte. Ich versuchte nicht, mit ihm zu diskutieren, denn man verschwendet nur seine Zeit, wenn man sich bemüht, einem Verrückten Vernunft beizubringen. Aber wenn dieser Mann an solche Ungeheuerlichkeiten glaubt, spielt die Verwandlung einer vierspännigen Kutsche in einen Kartoffelwagen nur eine geringfügige Rolle. Um ihn bei Laune zu halten, fragte ich ihn, ob er dächte, daß General Bonapartes Agenten für den Ärger im Gasthaus verantwortlich seien.

„Ganz sicher“, antwortete er. „Ich vermute, daß sie mich nicht kennen und Jardine für den Gesandten hielten und mich für den Sekretär. Und so haben sie den armen Jardine entführt. Allerdings kann ich nicht verstehen, daß sie meinen Diplomatenkoffer zurückgelassen haben. Und da fällt mir ein – den will ich wiederhaben, da er wichtige diplomatische Papiere enthält.“

Ich erklärte ihm mit einigem Nachdruck, daß wir erst einmal seine Identität überprüfen müßten. Und ich versprach ihm, wir würden alle erdenklichen Anstrengungen unternehmen, um seinen Sekretär, die Diener und die Kutsche aufzuspüren. Ich ließ mir eine Personenbeschreibung der Leute geben und überredete ihn dann, in ein Zimmer im Oberstock zu gehen, wo er bewacht wurde. Ich begann Erkundigungen einzuziehen, ließ alle meine Informanten und Spione rufen, die mir aber, wie erwartet, nichts sagen konnten. Ich konnte nicht einmal eine Person auftreiben, die ihn irgendwo in Perleburg gesehen hatte, bevor er im „Schwert & Szepter“ aufgetaucht war, und das überraschte mich, denn irgend jemand mußte doch beobachtet haben, wie er in die Stadt gekommen oder durch die Straßen gegangen war.

In diesem Zusammenhang möchte ich Eure Exzellenz auf die Diskrepanz in den Aussagen Franz Bauers und der beiden Bauern aufmerksam machen. Der erstere ist sicher, daß der Mann von der Straße in den Hof gekommen ist. Die Bauern sind überzeugt, daß er das nicht getan hat. Eure Exzellenz, ich liebe solche Rätsel nicht, denn ich bin sicher, daß alle drei nach bestem Wissen und Gewissen die Wahrheit gesagt haben.

Als die Wachen ihn abgeführt hatten, begann ich seine Papiere zu studieren, und ich kann Eurer Exzellenz versichern, daß sie mir einen Schock versetzt haben. Ich hatte seine Behauptung, der französische König sei entthront worden, nicht ernst genommen, ebensowenig seine Geschichte von diesem General Bonaparte, der sich Kaiser Napoleon nennt. Aber nun stellte ich fest, daß alle diese Dinge in den Papieren erwähnt werden, die allem Anschein nach offizielle Dokumente sind. Darin steht wiederholt, daß Wien im letzten Mai von den Franzosen eingenommen wurde und daß der österreichische Kaiser vor diesem General Bonaparte kapituliert hat. Da werden Schlachten geschildert, die in ganz Europa geschlagen wurden, und andere phantastische Dinge. Eure Exzellenz, ich habe schon von vielen Verrückten gehört – der eine hält sich für den Erzengel Gabriel, der andere für Mohammed oder für einen Werwolf, oder er ist überzeugt, daß seine Gebeine aus Glas sind oder daß er von Teufeln verfolgt und gepeinigt wird. Aber, so wahr mir Gott helfe, dies ist der erste Irre, der seinen Wahn dokumentarisch beweisen kann. Wundert es Eure Exzellenz, daß ich nichts mit der Sache zu tun haben will?

Mit seinen Ausweispapieren ist es noch schlimmer. Er hat Papiere, die das Siegel des britischen Außenministeriums tragen und allem Anschein nach echt sind. Aber sie sind von einem Außenminister namens George Canning unterschrieben – wo doch alle Welt weiß, daß Lord Castlereagh seit fünf Jahren Außenminister ist. Und um allem die Krone aufzusetzen, hat er auch noch einen Schutzbrief mit dem Siegel der Preußischen Staatskanzlei. Es ist echt, das darf ich behaupten, denn ich habe es mittels eines Vergrößerungsglases mit einem Siegel verglichen, an dessen Echtheit nicht zu zweifeln ist. Und dieser Brief ist nicht vom Grafen von Berchtenwald unterzeichnet, sondern von Baron von und zu Stein, dem Landwirtschaftsminister. Soweit ich es feststellen konnte, ist die Unterschrift echt. Das ist zuviel für mich, Eure Exzellenz. Ich muß Sie bitten, mich von der Verantwortung für diese Angelegenheit zu entbinden, bevor ich noch genauso verrückt werde wie mein Gefangener.

Ich habe mit Oberst Keitel von den Dritten Ulanen vereinbart, daß er einen Offizier abstellen wird, der den Mann nach Berlin bringt. Die Kutsche, in der sie fahren werden, gehört dieser Polizeistation, der Kutscher ist einer meiner Männer. Man sollte ihm Spesen bezahlen, damit er nach Perleburg zurückfahren kann. Der Wachtposten ist ein Unteroffizier der Ulanen, der Bursche des Offiziers. Er wird beim Herrn Oberleutnant bleiben, und die beiden werden auf eigene Kosten hierher zurückkehren.

Ich habe die Ehre, Eure Exzellenz etc. etc.

Ernst Hartenstein
Staatspolizeihauptmann

8

(Von Oberleutnant Rudolf von Tarlburg an Baron Eugen von Krutz)

26. November 1809

Lieber Onkel Eugen,

dies ist kein formeller Bericht – den habe ich im Ministerium abgeliefert, als ich den Engländer und seine Papiere einem

Deiner Offiziere übergeben habe – einem Kerl mit rotem Haar und einem Gesicht wie eine Bulldogge. Aber da sind noch ein paar Dinge, die Du wissen mußt und die in einem offiziellen Bericht nicht gut aussehen würden. Jedenfalls mußt Du unbedingt erfahren, welch ein merkwürdiger Fisch Dir da ins Netz gegangen ist.

Ich hatte gerade mit meiner Abteilung exerziert, als Oberst Keitels Bursche zu mir kam und mir sagte, daß mich der Oberst in seinem Quartier zu sprechen wünschte. Der alte Knabe saß in der Unterwäsche in seinem Wohnzimmer und rauchte eine Pfeife.

„Kommen Sie herein, Leutnant, setzen Sie sich, mein Junge!“ begrüßte er mich in dieser derben, aber herzlichen Art, die er seinen Junioroffizieren gegenüber stets an den Tag legt, wenn er einen besonders unangenehmen Auftrag für sie hat. „Was halten Sie von einer kleinen Reise nach Berlin? Sie müßten dort eine kleine Aufgabe erfüllen, die nur eine halbe Stunde in Anspruch nehmen wird, und danach können Sie bleiben, so lange Sie wollen, wenn Sie bis Donnerstag zurück sind, um Ihre Straßenpatrouille zu übernehmen.“

Nun, dachte ich, das ist erst einmal der Köder, und ich überlegte, was wohl der Haken an der Sache war. Ich meinte, das würde sehr verlockend klingen, und erkundigte mich, was für ein Auftrag das wäre.

„Nun, Tarlburg, es ist keine Sache, die Sie für mich erledigen müßten, sondern für diesen Hartenstein, den hiesigen Staatspolizeihauptmann. Er hat da irgendeinen Fall, den er dem Polizeiministerium übergeben will. Und da dachte ich sofort an Sie, weil Sie ja mit Baron von Krutz verwandt sind. Das sind Sie doch, nicht wahr?“ fragte er, als ob er nicht ganz genau wüßte, mit wem alle seine Offiziere verwandt sind.

„Das stimmt, Oberst“, antwortete ich. „Der Baron ist mein Onkel. Was ist denn das für ein Fall?“

„Hartenstein hat einen Gefangenen, den er dem Ministerium überantworten will. Sie brauchen sich nur mit dem Mann in eine Kutsche zu setzen und aufzupassen, daß er Ihnen unterwegs nicht entwischt. Und wenn Sie ihn abliefern, müssen Sie Sich sowohl für seine Person als auch für irgendwelche Papiere eine Quittung geben lassen. Es ist ein sehr wichtiger Gefangener. Ich glaube nicht, daß Hartenstein irgend jemanden hat, dem er den Mann anvertrauen könnte. Es handelt sich um einen Staatsgefangenen. Er behauptet, ein britischer Diplomat zu sein, und Hartenstein schließt nicht aus, daß er das tatsächlich ist. Und außerdem ist er verrückt."

„Verrückt?" wiederholte ich verblüfft.

„Ja. Das hat Hartenstein mir zumindest erzählt. Ich wollte wissen, an welcher Art von Wahnsinn der Mann leidet, denn es gibt ja viele verschiedene Arten von Verrückten, und man kann sie nicht alle gleich behandeln. Aber der Mann wollte mir nur sagen, der Mann habe unrealistische Vorstellungen von den politischen Zuständen in Europa."

„Ha! Welcher Diplomat hat die nicht?" fragte ich.

Der alte Keitel lachte, was sich wie eine Mischung von Hundegebell und Rabengekrächze anhörte.

„Ja, natürlich!" rief er. „Und weil die Diplomaten so unrealistische Vorstellungen haben, müssen die Soldaten sterben. Das habe ich Hartenstein gesagt, aber er wollte mir keine weiteren Informationen geben. Er schien sogar zu bedauern, daß er mir schon so viel verraten hatte, und er sah aus, als hätte er ein ganz besonders schlimmes Schreckgespenst erblickt." Eine Zeitlang zog der alte Mann schweigend an seiner Pfeife und blies den Rauch durch seinen Schnurrbart. Dann fuhr er fort: „Rudi, Hartenstein hat eine heiße Kartoffel aus der Asche gezogen, und die will er Ihrem Onkel zuwerfen, bevor er sich die Finger verbrennt. Das ist wohl einer der Gründe, warum er mich gebeten hat, eine Eskorte für den Engländer abzustellen. Also, hören Sie, Rudi – Sie müssen diesen unrealistischen Diplomaten, oder was immer er ist, nach Berlin bringen. Und eins müssen Sie Sich hinter die Ohren schreiben!" Er zeigte mit seiner Pfeife auf mich, als ob sie eine Pistole wäre. „Sie haben den Auftrag, ihn nach Berlin zu bringen und ihn im Polizeiministerium abzuliefern. Es wurde nicht erwähnt, ob Sie ihn lebend oder tot oder in einem Stück oder in zwei Hälften übergeben sollen. Ich weiß nichts von der Sache und will auch gar nichts wissen. Wenn Hartenstein will, daß wir für ihn Gefangenenwärter spielen, dann – bei Gott – muß er auch erlauben, daß wir das auf unsere Weise machen!“

Um die Geschichte abzukürzen – ich sah mir die Kutsche an, die mir Hartenstein zur Verfügung gestellt hatte, und beschloß, die linke Tür von außen mittels einer Kette zu verschließen, so daß sie von ihnen nicht geöffnet werden konnte. Ich würde meinen Gefangenen nach links setzen, so daß er über mich hinwegkriechen müßte, falls er einen Fluchtversuch unternehmen wollte. Da ich es nicht für ratsam hielt, Waffen bei mir zu tragen, die er mir entreißen könnte, schnallte ich meinen Säbel ab und schloß ihn in die Kiste unter dem Sitz ein, zusammen mit dem Diplomatenkoffer, der die Papiere des Engländers enthielt. Es war kalt genug, einen Mantel zu tragen, und so zog ich einen an. In die rechte Tasche, also auf der Seite, die der Gefangene nicht erreichen konnte, steckte ich einen kleinen, mit Blei beschlagenen Knüppel und zwei geladene Taschenpistolen. Hartenstein wollte mir nicht nur einen Kutscher, sondern auch einen Wachtposten zur Verfügung stellen, aber ich erklärte, ich würde einen Diener mitnehmen, der als Wachtposten fungieren könnte. Der Diener war natürlich mein Bursche, der alte Johann. Ich gab ihm mein doppelläufiges Jagdgewehr, das im einen Lauf Eber- und im anderen Unzenkugeln hat.

Außerdem bewaffnete ich mich mit einer großen Flasche Kognak. Ich dachte, wenn ich meinen Gefangenen häufig genug damit traktierte, würde er mir keinen Ärger machen.

Wie sich herausstellte, bereitete er mir nicht die geringsten Schwierigkeiten, und alle meine Vorsichtsmaßnahmen, abgesehen vom Kognak, waren überflüssig. Der Mann sieht keineswegs verrückt aus. Er ist ein ziemlich beleibter Herr in mittleren Jahren, mit roten Backen und intelligenten Gesichtszügen. Das einzig Ungewöhnliche an ihm ist sein Hut, der an einen Nachttopf erinnert. Ich verfrachtete ihn in die Kutsche, bot ihm Kognak an, und er nahm einen etwa doppelt so großen Schluck aus der Flasche wie ich. Dann wischte er sich die Lippen ab und meinte: „Das ist ja echter Kognak! Was immer wir auch von der Politik dieser verdammten Franzosen sagen, gegen ihre alkoholischen Getränke läßt sich nichts einwenden." Dann fügte er hinzu: „Ich bin froh, daß man mich der Obhut eines militärischen Gentlemans übergeben hat und keinem von diesen verflixten Gendarmen. Sagen Sie mir die Wahrheit, Lieutenant – bin ich wegen irgendeines Verbrechens festgenommen worden?"

„Nun", entgegnete ich, „darüber hätte Sie Hauptmann Hartenstein informieren müssen. Ich weiß nur, daß ich den Auftrag bekommen habe, Sie nach Berlin zu bringen, ins Polizeiministerium, und daß ich Sie unterwegs nicht entwischen lassen darf. Diesen Auftrag werde ich ausführen. Ich hoffe, Sie nehmen mir das nicht übel."

Er versicherte mir, das läge keineswegs in seiner Absicht, und wir tranken noch einen Schluck. Ich sah zu, daß er sich wieder doppelt so viel hinter die Binde goß wie ich, dann knallte der Kutscher mit der Peitsche, und wir traten die Fahrt nach Berlin an.

Ich wollte herausfinden, was für eine Art von Verrückter mein Gefangener war und warum Hartenstein eine Staatsaffäre aus einer Wirtshausstreiterei gemacht hatte. Und so beschloß ich, den Engländer nach seinen unrealistischen Vorstellungen von der europäischen Politik zu befragen. Nachdem ich das Gespräch in die entsprechenden Bahnen gelenkt hatte, erkundigte ich mich: „Was ist denn nach Ihrer Meinung die Ursache der gegenwärtigen tragischen europäischen Lage, Herr Bathurst?"

Damit konnte ich nichts falsch machen, denn wann, seit den Tagen Julius Cäsars, war die europäische Lage *nicht* tragisch? Und mein kleiner Trick funktionierte.

„Ich glaube, der ganze verdammte Schlamassel ist auf den Sieg der rebellischen Kolonisten in Nordamerika zurückzuführen", erwiderte der Engländer, „und auf ihre verfluchte Republik."

Du kannst Dir sicher vorstellen, daß mich das einigermaßen verwirrt hat. Die ganze Welt weiß doch, daß die amerikanischen Patrioten in ihrem Unabhängigkeitskrieg gegen England verloren haben, daß sich ihre Truppen auflösten, daß ihre Anführer getötet oder in die Verbannung getrieben wurden. Wie oft bin ich als kleiner Junge bis spätabends aufgeblieben, obwohl ich schon längst hätte schlafen sollen, wenn der alte Baron von Steuben zu Gast auf Schloß Tarlburg war! Wie oft hörte ich mir mit offenem Mund und großen Augen die Geschichten über diese tapferen, unglücklichen Kämpfer an! Und wie erschauerte ich, wenn ich vom schrecklichen Winterlager hörte, von den aufregenden Gefechten, wie viele Tränen vergoß ich, wenn er schilderte, wie er nach der Schlacht von Doylestown den sterbenden Washington in den Armen gehalten und den letzten Worten dieses edlen Mannes gelauscht hatte! Und jetzt erzählte mir dieser Mann, die Patrioten hätten den Krieg gewonnen und die Republik gegründet, für die sie gekämpft hatten. Natürlich war ich auf einiges gefaßt gewesen, nachdem Hartenstein von den unrealistischen Vorstellungen des Engländers gesprochen hatte, aber mit einem so phantastischen Märchen hatte ich nicht gerechnet.

„Ich kann es sogar noch genauer definieren“, fuhr Bathurst fort. „Es war die Niederlage von Burgoyne bei Saratoga. Es war ein guter Schachzug, als wir Benedict Arnold dazu brachten, seinen Mantel nach dem Wind zu drehen, aber das hätten wir schon viel früher machen sollen. Wenn er an diesem Tag nicht auf dem Feld gewesen wäre – Burgoyne hätte Gates’ Armee durchpflügt wie ein heißes Messer ein Stück Butter.“

Aber Arnold war nicht auf dem Feld von Saratoga. Das weiß ich. Ich habe einiges über den Amerikanischen Krieg gelesen. Arnold wurde am Neujahrstag 1776 erschossen, als er versuchte, Quebec zu stürmen. Aber Burgoyne hatte genau das getan, was Bathurst behauptete. Er hatte Gates’ Armee durchpflügt wie ein heißes Messer ein Stück Butter, und dann war er den Hudson hinabgezogen, um zu Howe zu stoßen.

„Aber Herr Bathurst!“ sagte ich. „Wie konnte sich das auf

die europäische Situation auswirken? Amerika ist doch viele tausend Meilen weit weg, auf der anderen Seite des Meeres."

„Ideen können die Meere schneller überqueren als Armeen. Als Ludwig XVI. beschloß, den Amerikanern zu Hilfe zu eilen, weihte er sein Regime und sich selbst dem Untergang. Ein erfolgreicher Widerstand gegen eine königliche Autorität in Amerika war alles, was die französischen Republikaner als Inspiration brauchten. Natürlich müssen wir auch Ludwigs Schwäche für das alles verantwortlich machen. Wenn er diese Schurken mit ein paar Kartätschen empfangen hätte, als sie 1790 Versailles stürmten, wäre es nicht zur französischen Revolution gekommen."

Aber das hat er doch getan. Und als Ludwig befahl, die Haubitzen auf den Mob zu richten, und dann den Dragonern auftrug, die Überlebenden niederzureiten, war der rebulikanische Aufstand niedergeschlagen. Damals wurde Talleyrand, der bis dahin nur Bischof von Autun gewesen war, zum Kardinal ernannt und erhielt die Machtbefugnisse, die er heute noch besitzt. Er ist der bedeutendste königliche Minister seit Richelieu.

„Und dann folgte Ludwigs Tod, so sicher wie die Nacht auf den Tag", sagte Bathurst. „Und weil die Franzosen keine Erfahrung mit der Selbstverwaltung haben, war ihre Republik von vornherein zum Untergang verdammt. Hätte Bonaparte nicht die Macht an sich gerissen, dann hätte es ein anderer getan. Als die Franzosen ihren König ermordeten, lieferten sie sich der Diktatur aus. Und ein Diktator, der nicht von königlichem Prestige unterstützt wird, hat keine andere Wahl, als sein Volk in den Krieg gegen andere Nationen zu schicken, um zu verhindern, daß es sich gegen ihn wendet."

Und so ging es weiter, während der ganzen Fahrt bis nach Berlin. Wenn ich mich jetzt, im hellen Tageslicht, an diese Dinge erinnere, erscheinen sie mir närrisch. Aber im Dunkel der schwankenden Kutsche war ich beinahe überzeugt, daß der Mann die Wahrheit sagte. Glaub mir, Onkel Eugen, es war beängstigend – so als hätte er mich in die Hölle schauen lassen.

Gott im Himmel, was dieser Mensch redete! Er sprach von Armeen, die durch ganz Europa schwärmten, von Plünderungen und Massakern, von brennenden Städten, Blockaden und Hungersnot, von abgesetzten Königen und Thronen, die wie Kegel schwankten, von Schlachten, in denen die Soldaten aller Nationen kämpften, in denen Zehntausende niedergemäht wurden wie reifes Korn. Und über alldem stand die satanische Gestalt eines kleinen Mannes im grauen Mantel, der dem österreichischen Kaiser in Schönbrunn einen Friedensvertrag diktierte und den Papst als Gefangenen nach Savona bringen ließ.

Ein Verrückter? Unrealistische Vorstellungen, wie Hartenstein behauptet hat? Nun, überantworte mir Wahnsinnige, denen der Speichel von den Lippen tropft, die Schaum vor dem Mund haben und obszöne Flüche kreischen – aber keinen sympathischen, vornehmen Herrn, der neben mir in einer Kutsche sitzt und mit leiser, kultivierter Stimme von den grausigsten Dingen redet, während er meinen Kognak trinkt.

Aber nicht meinen ganzen Kognak! Wenn Dir Dein Mann im Ministerium – der mit dem roten Haar und dem Bulldoggengesicht – erzählt, ich sei betrunken gewesen, als ich ihm den Engländer übergeben habe, dann kannst Du ihm ruhig glauben!

Rudi

9

(Vom Grafen von Berchtenwald an den britischen Gesandten.)

28. November 1809

Sehr geehrter Herr,

das beiliegende Dossier wird Sie mit dem Problem vertraut machen, mit dem sich diese Kanzlei konfrontiert sieht, ohne daß ich das alles wiederhole. Bitte, verstehen Sie, daß es niemals in der Absicht der Regierung Seiner Majestät Friedrich Wilhelms III. lag, die Regierung Seiner Britischen Majestät George III. zu beleidigen oder ihr Unannehmlichkeiten zu bereiten. Wir würden es niemals wagen, einen Gesandten Ihrer Regierung zu verhaften oder Einsicht in seine Papiere zu nehmen. Aber wir hegen die ernsthaftesten Zweifel, um es auf beträchtliche Weise zu untertreiben, daß besagte Person, die sich Benjamin Bathurst nennt, einer ihrer Gesandten ist. Und wir glauben auch nicht, daß es der Regierung Seiner Britischen Majestät nützen würde, einem Hochstapler zu erlauben, in der Verkleidung eines britischen Diplomaten durch Europa zu reisen. Wir würden es der Regierung Seiner Britischen Majestät jedenfalls nicht danken, wenn sie es versäumte, die nötigen Maßnahmen zu ergreifen, sollte sich ein falscher preußischer Diplomat in England aufhalten.

Diese Affäre betrifft uns fast ebensosehr wie Ihre Regierung. Der Mann hatte einen Schutzbrief in seinem Besitz, den Sie im beigefügten Diplomatenkoffer finden. Dieser Brief sieht genauso aus, als sei er von unserer Kanzlei ausgestellt worden. Er ist mit dem Siegel der Kanzlei versehen – oder mit einer hervorragenden Fälschung. Außerdem ist er vom preußischen Kanzler unterzeichnet, mit einer Unterschrift, die von der des Barons von und zu Stein, des derzeitigen Landwirtschaftsministers, nicht zu unterscheiden ist. Man zeigte Baron von und zu Stein die Unterschrift, wobei der Text darüber abgedeckt war, und er zögerte nicht, sie als die seine anzuerkennen. Als er jedoch den Text des Briefes gelesen hatte, waren seine Überraschung und sein Entsetzen von einer Intensität, daß es der Feder eines Schillers oder Goethes bedürfte, um beides zu beschreiben. Und er erklärte kategorisch, er hätte das Dokument nie zuvor gesehen.

Ich habe keine andere Wahl, als ihm zu glauben. Es ist unmöglich, sich vorzustellen, daß ein Mann von Baron Steins ehrenwertem, ernsthaftem Charakter an der Herstellung eines solchen Papiers mitwirken würde. Aber davon abgesehen stecke ich in der Sache ebenso tief drin wie er. Wenn der Brief mit seiner Unterschrift unterzeichnet ist, so ist er auch mit seinem Siegel versehen, das ich in den Jahren meiner Kanzlerschaft niemals aus der Hand gegeben habe. In der Tat, das Wort

‚unmöglich' trifft auf die ganze Angelegenheit zu. Es war unmöglich, daß Benjamin Bathurst den Hof des Gasthauses betrat – und doch tat er es. Es war unmöglich, daß er solche Papiere in seinem Aktenkoffer bei sich trug, daß solche Papiere existieren – und doch schicke ich sie Ihnen gleichzeitig mit diesem Schreiben zu. Es ist unmöglich, daß Baron Stein dieses Dokument unterschrieben hat, daß es das Siegel der Staatskanzlei trägt – und doch sind Baron Steins Unterschrift und mein Siegel darauf zu sehen.

Sie werden noch andere Papiere in jenem Diplomatenkoffer finden, die allem Anschein nach aus dem britischen Außenministerium stammen, unterschrieben von Personen, die in keiner Verbindung mit dem Außenministerium stehen, auch nicht mit der Regierung. Doch sie sind mit offenbar authentischen Siegeln versehen. Wenn Sie diese Papiere nach London senden, wird dort sicher ein ähnlicher Aufruhr entstehen wie hier durch den Schutzbrief.

Ich schicke Ihnen auch eine Kohlezeichnung von der Person, die sich Benjamin Bathurst nennt. Das Porträt wurde ohne das Wissen des Mannes angefertigt. Baron von Krutz' Neffe, Leutnant von Tarlburg, der Sohn unseres gemeinsamen Freundes, des Grafen von Tarlburg, hat eine kleine Freundin, eine sehr kluge junge Dame und begabte Zeichnerin, wie Sie feststellen werden. Sie wurde in einen Raum im Polizeiministerium geführt und setzte sich hinter einen Wandschirm, wo sie unseren Gefangenen unbemerkt porträtieren konnte. Wenn Sie das Bild nach London schicken, wird man ihn vielleicht wiedererkennen. Ich kann Ihnen versichern, daß er außerordentlich gut darauf getroffen ist.

Um die Wahrheit zu gestehen – wir sind mit unserer Weisheit am Ende. Es ist mir ein Rätsel, wie man diese diversen Siegel auf so ausgezeichnete Weise imitieren kann. Und die Unterschrift des Barons von und zu Stein ist die beste Fälschung, die ich während meiner dreißigjährigen Laufbahn als Staatsmann gesehen habe. Sie weist auf eine äußerst sorgfältige, peinlich genaue Arbeit hin. Aber wieso wurden so plumpe Fehler gemacht, die jedem Schuljungen auffallen müssen? Warum wurde Baron von und zu Stein für den preußischen Kanzler gehalten und Herr George Canning, ein Mitglied der Oppositionspartei, das in keiner Verbindung mit Ihrer Regierung steht, für den britischen Außenminister?

Solche Fehler kann nur ein Verrückter begehen. Und manche Leute glauben, daß unser Gefangener wahnsinnig ist, vor allem wegen der offenkundigen Illusionen, die er sich über den großen Eroberer, General Bonaparte alias Kaiser Napoleon, macht. Man weiß, daß manche Verrückte Beweismaterial produzieren, um ihren Wahn zu untermauern. Aber ich erschaudere bei dem Gedanken, daß ein Verrückter die Möglichkeit besitzt, Papiere herzustellen, wie Sie sie in diesem Diplomatenkoffer finden werden. Und was ebenso bedenklich ist: Einige unserer bedeutendsten Ärzte, die auf Geisteskrankheiten spezialisiert sind, haben sich mit Bathurst unterhalten und hinterher erklärt, der Mann sei völlig normal, abgesehen von seinen fixen Ideen.

Ich persönlich glaube, daß das Ganze ein gigantischer Schwindel ist, der irgendeinen verborgenen dunklen Zweck verfolgt, der Verwirrung stiften, die guten Beziehungen zwischen unseren beiden Regierungen unterminieren soll oder irgendwelche anderen verschwörerischen Ziele anstrebt. Ich wüßte nicht, welche Regierung daran interessiert sein könnte, und möchte nur zwei Gruppen nennen, denen solche Machenschaften zuzutrauen wären – die Jesuiten und die gesetzlosen französischen Republikaner. Beide könnten dergleichen inszenieren, um ihre Vorteile daraus zu ziehen. Wie Sie wissen, wurde erst vor wenigen Monaten ein Jakobinerkomplott in Köln aufgedeckt.

Aber was immer diese Sache zu bedeuten hat – sie gefällt mir nicht. Ich will ihr so bald wie möglich auf den Grund gehen, und ich wäre Ihnen und Ihrer Regierung für jede Unterstützung, die Sie uns gewähren möchten, dankbar. Hiermit verbleibe ich etc. etc. etc.

Berchtenwald

10

VON BARON VON KRUTZ AN DEN GRAFEN VON BERCHTENWALD. ÄUSSERST DRINGEND, ÄUSSERST WICHTIG. MUSS SOFORT UND PERSÖNLICH ÜBERBRACHT WERDEN, UNTER ALLEN UMSTÄNDEN.

28. November 1809

Verehrter Graf von Berchtenwald,

in der letzten halben Stunde, um etwa elf Uhr abends, wurde der Mann, der sich Benjamin Bathurst nannte, bei einem Fluchtversuch erschossen.

Ein Wachtposten, der im Hinterhof des Polizeiministeriums stand, beobachtete einen Mann, der versuchte, das Gebäude auf verdächtige und verstohlene Weise zu verlassen. Der Wachtposten, der den strikten Befehl hatte, niemanden ohne Passierschein hinein- oder hinauszulassen, rief den Mann an. Und als dieser davonlaufen wollte, schoß ihn der Wächter mit seiner Muskete nieder. Daraufhin eilte der Sergeant der Wachmannschaft mit seiner Abteilung in den Hof, und man stellte fest, daß der Verletzte der Engländer Bathurst war. Er war von einer Unzenkugel in die Brust getroffen worden und starb noch vor der Ankunft des Arztes, ohne das Bewußtsein wiederzuerlangen.

Eine Untersuchung ergab, daß der Gefangene, der im dritten Stock des Gebäudes untergebracht war, einen Strick aus seinem Bettzeug, einer Vorhangschnur und dem Lederriemen des Glockenzugs hergestellt hatte. Dieser Strick war lang genug, so daß er das Fenster des Büros im zweiten Stock erreichen konnte, das direkt unter seinem Zimmer lag. Er schlug die Fensterscheiben ein und kletterte in den Raum. Ich versuche zu eruieren, wie ihm das gelungen ist, ohne gehört zu werden. Ich kann Eurer Exzellenz versichern, daß irgend jemand für diesen Vorfall büßen wird. Was den Wachtposten betrifft – er hat sich an seine Befehle gehalten. Ich habe ihn gelobt, weil er seine Pflicht erfüllt und einen gezielten Schuß abgegeben hat, und ich übernehme die Verantwortung für den Tod des Gefangenen.

Ich habe keine Ahnung, warum der sogenannte Benjamin

Bathurst, der sich bis dahin gut benommen und seine Gefangenschaft mit philosophischem Gleichmut ertragen hatte, plötzlich diesen fatalen Fluchtversuch unternahm – es sei denn, diese infernalischen, bornierten Irrenärzte haben ihn belästigt. Erst diesen Nachmittag gaben sie ihm mehrere Zeitungen – preußische, österreichische, französische und englische, die alle im vergangenen Monat erschienen waren. Sie sagten, sie hätten sehen wollen, wie er darauf reagieren würde. Nun, Gott möge ihnen verzeihen – jetzt wissen sie es!

Wie soll man nach Ansicht Eurer Exzellenz mit dem Begräbnis verfahren?

Krutz

(Vom britischen Gesandten an den Grafen von Berchtenwald)

20. Dezember 1809

Lieber Graf von Berchtenwald,

endlich habe ich aus London Antwort auf meinen Brief vom 18. des vergangenen Monats bekommen, der den Diplomatenkoffer sowie die anderen Papiere begleitet hatte. Die Papiere, die Sie zurückhaben möchten – die Kopien der Aussagen, die in Perleburg zu Protokoll genommen wurden, der Brief von Polizeihauptmann Hartenstein an Baron von Krutz, der persönliche Brief an Krutz von seinem Neffen, dem Lieutenant von Tarlburg, sowie der Schutzbrief, der im Diplomatenkoffer gefunden wurde, liegen bei. Ich weiß nicht, was die Leute in Whitehall mit den anderen Papieren gemacht haben. Vermutlich hat man sie ins nächstbeste Kaminfeuer geworfen. Und wenn ich an der Stelle Eurer Exzellenz wäre, würde ich die restlichen Papiere ebenfalls verbrennen.

Auf meine Depesche vom 29. des vergangenen Monats, die den Tod des sogenannten Benjamin Bathurst betraf, habe ich noch keine Antwort erhalten, aber ich bezweifle stark, daß man offiziell Notiz davon nehmen wird. Ihre Regierung hatte das Recht, den Burschen festzuhalten, und es war sein eigenes Risiko, daß er jenen Fluchtversuch unternahm. Immerhin befiehlt man den Wachtposten nicht, Musketen zu tragen, um sie daran zu hindern, die Hände in die Taschen zu stecken.

Um eine inoffizielle Meinung zu äußern – ich kann mir nicht vorstellen, daß London unzufrieden mit der Entwicklung der Dinge ist. Die Regierung Seiner Majestät besteht aus nüchternen, realistischen Aristokraten, die nicht viel für Geheimnisse übrig haben – schon gar nicht für Geheimnisse, deren Enthüllung verwirrender sein könnte als das ursprüngliche Problem.

Im Vertrauen, Eure Exzellenz – die Papiere, die in diesem Diplomatenkoffer steckten, lösten einen ungeheuren Wirbel in London aus. Die großen Tiere beschworen feierlich ihre Unschuld, und die übrigen beschuldigten einander, an dem Schwindel beteiligt zu sein. Wenn es in irgend jemandes Absicht gelegen haben sollte, Himmel und Hölle in Bewegung zu setzen, so hatte er einen durchschlagenden Erfolg erzielt. Eine Zeitlang befürchtete man sogar, es würde zu einer Parlamentsdebatte kommen, aber dann wurde die ganze verdrießliche Angelegenheit vertuscht.

Sie können Graf Tarlburgs Sohn sagen, daß seine kleine Freundin in der Tat eine hochbegabte junge Dame ist. Ihre Zeichnung wurde von keiner geringeren Autorität als Sir Thomas Lawrence gelobt, und nun, Eure Exzellenz, kommen wir zum groteskesten Teil der ganzen grotesken Affäre. Der Mann auf dem Porträt wurde sofort wiedererkannt. Es handelt sich um Benjamin Bathurst, genauer gesagt, um Sir Benjamin Bathurst, den stellvertretenden königlichen Gouverneur der Kronkolonie Georgia. Da Sir Thomas Lawrence ihn vor ein paar Jahren porträtierte, ist er sehr wohl in der Lage, das Werk von Lieutenant Tarlburgs kleiner Freundin zu beurteilen. Jedenfalls ist es bekannt, daß Sir Benjamin Bathurst in Savannah war und dort seine Pflicht vor den Augen der Öffentlichkeit tat, während sich sein Double in Preußen aufhielt. Sir Benjamin hat keinen Zwillingsbruder. Man äußerte die Vermutung, daß dieser Bursche ein Halbbruder war, ein illegal geborener Bastard, aber soviel ich weiß, läßt sich diese Theorie nicht beweisen.

General Bonaparte alias Kaiser Napoleon, der in diesen Papieren so oft erwähnt wird, scheint ebenfalls ein reales Duplikat zu haben. Es gibt in der französischen Armee einen Artillerieoberst dieses Namens, einen Korsen, der seinen Originalnamen, Napolione Buonaparte, gallisiert hat. Er ist ein äußerst brillanter Militärtheoretiker. Ich bin sicher, Ihre Offiziere, zum Beispiel General Scharnhorst, könnten Ihnen einiges über ihn erzählen. Seine Loyalität der französischen Monarchie gegenüber ist über jeden Zweifel erhaben.

Weitere korrespondierende Tatsachen scheinen überall in dieser erstaunlichen Sammlung von Schriftstücken und Pseudo-Staatspapieren aufzutauchen. Wie Sie sich sicher erinnern, bezeichneten sich die rebellischen nordamerikanischen Kolonien in der Deklaration von Philadelphia als Vereinigte Staaten von Amerika. James Madison, der als derzeitiger Präsident der Vereinigten Staaten erwähnt wird, lebt nun in der Schweiz, im Exil. Sein angeblicher Amtsvorgänger, Thomas Jefferson, war der Verfasser der rebellischen Deklaration. Nach der Niederlage der Rebellen floh er nach Havanna und starb vor einigen Jahren im Fürstentum Liechtenstein.

Es hat mich sehr amüsiert, unserem alten Freund Kardinal Talleyrand – ohne geistlichen Titel – in der Rolle des Chefberaters jenes merkwürdigen Usurpators Bonaparte zu begegnen. Ich war stets der Ansicht, daß Seine Eminenz der Typ ist, der immer auf die Füße fällt, auf welchem Haufen auch immer, und der ebenso skrupellos als Premierminister Seiner Majestät des Satans wie Seiner Christlichen Majestät fungieren würde.

Ein Name, der in diesen phantastischen Papieren häufig erwähnt wird, hat mich allerdings sehr verwirrt. Und zwar handelt es sich um den englischen General Wellington. Ich habe nicht die leiseste Ahnung, wer das sein könnte.

Und nun habe ich die Ehre, Eure Exzellenz etc. etc. etc.

Sir Arthur Wellesley

„Murray Leinster" (der verstorbene Will F. Jenkins, 1896–1975) hat eine der längsten und erfolgreichsten Karrieren in der Geschichte der Science Fiction gemacht, die 1919 begann und bis in die späten sechziger Jahre dauerte. Er galt aber auch außerhalb der SF als hervorragender Autor. Auf dem Science Fiction-Gebiet veröffentlichte er über vierzig Bücher und über hundert Stories, zu denen auch die populäre Med Service-*Serie und* Exploration Team *zählen, eine Geschichte, mit der er 1956 den Hugo-Preis gewonnen hat.*

In The Power *(*Astounding Science Fiction, *September 1945) stellt Will Jenkins sein ganzes Geschick und seinen Erfindungsreichtum unter Beweis – Qualitäten, die aus allen seinen Werken sprechen.*

Murray Leinster

Die Macht

THE POWER

Memorandum von Professor Charles, Latein-Abteilung der Haverford-Universität, adressiert an Professor McFarland von derselben Fakultät:

Lieber Professor McFarland,

in einer Reihe ausländischer lateinischer Dokumente aus dem fünfzehnten Jahrhundert, die wir kürzlich erhalten hatten, fanden wir drei, die anscheinend zusammenpassen. Unser Interesse gilt der lateinischen Sprache in jener Zeit, doch der Inhalt der Dokumente scheint in Ihr Ressort zu gehören. Ich schicke Ihnen die Schriftstücke zusammen mit einer freien Übersetzung zu. Würden Sie mir bitte mitteilen, was Sie davon halten?

Charles

An Johannus Hartmannus, Lizentiat der Philosophie,
wohnhaft im Hause des Goldschmieds Grote,
in der Straße der Farbigen Fliege,
Leyden in den Niederlanden.

Freund Johannus,

ich schreibe dies im Gotenkopfgasthaus in Padua, am zweiten Tag nach Michaelis, Anno Domini 1482. Ich schreibe in aller Eile, denn ein ehrbarer Holländer, der hier abgestiegen ist, will die Heimreise antreten und hat mir versprochen, meine Post mitzunehmen. Er ist ein freundlicher, aber ungebildeter Bursche. Sag ihm nichts von Mysterien – er weiß nichts, weniger als nichts. Danke ihm, gib ihm etwas zu trinken, lobe mich als frommen, ehrenwerten Studenten. Dann vergiß ihn.

Morgen verlasse ich Padua, um meine und Deine Träume zu verwirklichen. Diesmal bin ich ganz sicher. Ich kam hierher, um Parfüms und Mandragoren und die anderen Dinge zu kaufen, die für eine Aktion von unvorstellbarer Wichtigkeit sind, die ich in fünf Tagen zu nächtlicher Stunde auf einem gewissen Hügel nahe dem Dorf Montevecchio vornehmen will. Ich habe ein Wort und einen Namen von unberechenbarer Macht gefunden, die mir an jenem Ort, den ich kenne, die Tür zur Kenntnis aller Mysterien öffnen müssen. Wenn Du diese Zeilen liest, werde ich eine Macht besitzen, die Hermes Trismegistos nur erahnen konnte, die Albertus Magnus nur vom Hörensagen her kannte.

Ich zittere vor Erregung, während ich Dir schreibe, und ich will es kurz machen. Ich stieß auf Beweise sowie das Wort und den Namen im Dorf Montevecchio. Ich ritt bei Nacht in das Dorf – untröstlich, weil ich einen ganzen Monat verschwendet hatte, um nach einem Gelehrten zu suchen, von dem ich große Dinge gehört hatte. Dann fand ich ihn – und er war nichts weiter als ein dummer Antiquar, der nichts von den Mysterien wußte! So ritt ich also meines Weges und gelangte nach Montevecchio, und hier erzählte man mir von einem Sterbenden, der Wunder gewirkt hatte. Er war erst am Vortag zu Fuß ins Dorf gekommen, war kostbar gekleidet, sprach aber wie ein Bauer. Zuerst war er sanft und unterwürfig, bezahlte für sein Essen und seinen Wein mit einem Goldstück, und die Dorfbewohner umschmeichelten ihn und baten ihn um Almosen. Er warf ihnen eine Handvoll Goldstücke zu, und als sich das herumgesprochen hatte, wurde das ganze Dorf verrückt vor Gier. Sie umringten ihn, bettelten ihn kreischend an und bedrängten ihn immer heftiger, je mehr er ihnen gab. Man sagt, er hätte Angst gehabt und wäre am liebsten geflohen, weil sie wie die Wilden über ihn herfielen. Sie zerrten an seinen Kleidern, beklagten ihre Armut, bis seine kostbaren Gewänder plötzlich in Sekundenschnelle dahinschwanden und er ebenso zerlumpt gekleidet war wie diese Bauern. Und die Börse, aus der er das Gold genommen hatte, verwandelte sich in einen schäbigen Beutel voller Asche.

Dies war am Tag vor meiner Ankunft geschehen, und der Mann war noch am Leben, aber es ging ihm sehr schlecht, da die Dorfbewohner ihn der Zauberei bezichtigt, gepeitscht und gesteinigt und zum Dorfpriester geschleppt hatten.

Ich sah den Mann und sprach mit ihm, Johannus, nachdem ich mich dem Priester als frommer Student der Fallstricke vorgestellt hatte, die uns der Satan in Form von Zauberei vor die Füße wirft. Der Mann atmete kaum noch, bestand nur noch aus Knochen und Wunden, die man ihm mit Mistgabeln zugefügt hatte. Er stammte aus der Gegend und hatte bis jetzt als simpler, ganz gewöhnlicher Mensch gegolten. Er wollte, daß ich ein gutes Wort für ihn beim Priester einlegte, damit ihm dieser vor seinem Tod die Beichte abnahm. Und deshalb erzählte er mir alles. Oh, was er mir alles erzählte!

Zu Mittag hatte er auf jenem Hügel geschlafen, wo ich in fünf Nächten die Operation vornehmen werde. Da erschien ihm eine Macht und sagte ihm, sie würde ihn in die Mysterien einweihen. Der Bauer war dumm. Er bat statt dessen um Reichtum. Und so schenkte ihm die Macht kostbare Kleider und eine Börse, die sich nie leeren würde, so lange sie nicht in die Nähe eines gewissen Metalls geriete, daß alle mysteriösen

Dinge zerstörte. Und die Macht sagte, als Dank sollte er einen Gelehrten zu ihr schicken, der dann das Wissen erwerben könnte, das sie dem Bauern angeboten hatte. Denn sie hatte erkannt, daß die Bauern kein Verständnis dafür besaßen. Und da sagte ich dem Sterbenden, ich würde auf den Hügel gehen, diese Macht begrüßen und ihre Wünsche erfüllen. Er nannte mir den Namen und das Wort, mit denen ich die Macht herbeirufen könnte, beschrieb mir auch den Ort und bat mich dann, als sein Fürsprecher zum Priester zu gehen.

Der Priester zeigte mir ein Goldstück, das von jenen übriggeblieben war, die der Bauer aus der Börse genommen hatte. Es stammte aus der Zeit des Antonius Pius, sah aber ganz neu aus und schimmerte, als wäre es eben erst geprägt worden. Es wog genauso viel wie echtes Gold und fühlte sich auch so an. Aber als der Priester es mit einem spöttischen Lächeln an das Kruzifix hielt, das er an einer kleinen Eisenkette um die Leibesmitte trug, verwandelte es sich in glühende Kohle, die bald zu Asche wurde.

Das habe ich gesehen, Johannus! Und so eilte ich hierher nach Padua, um Parfüms und Mandragoren und die anderen Dinge zu kaufen, die ich für jene Aktion brauche, mit der ich in fünf Nächten die wunderbare Macht ehren will. Sie hatte dem Bauern Weisheit angeboten, und er hatte sich Gold gewünscht. Doch ich sehne mich nicht nach Gold, sondern nach Weisheit, und ich bin erfahren, was Mysterien und Mächte betrifft. Ich kenne niemanden außer Dir, der mich im wahren Wissen von geheimen Dingen noch überflügelt, und wenn Du diese Zeilen liest, werde ich sogar Dich übertreffen, Johannus! Doch vielleicht werde ich mir Kenntnisse aneignen, die mich befähigen, durch mysteriöse Kräfte in Deine Dachkammer zu gelangen, und dann werde ich Dich einweihen, noch bevor Du diesen Brief erhältst, von den Resultaten dieser glücklichen Wende berichten, die mich vor Erregung erbeben läßt, wann immer ich daran denke.

Dein Freund Carolus
im Gotenkopf-Gasthaus zu Padua

vielleicht war es ein Glück, daß sich eine Gelegenheit ergab, Dir durch einen verkrüppelten Ritter eine zweite Botschaft zu schicken. Der Mann ist aus einer Söldnertruppe entlassen worden und wird nun nach Hause reisen, um fortan in der Sonne zu sitzen. Ich habe ihm ein Goldstück gegeben und versprochen, Du würdest ihm ein zweites aushändigen, wenn Du dieses Schreiben in Empfang genommen hast. Halte dieses Versprechen oder auch nicht, ganz wie es Dir beliebt, aber das beiliegende Pergament, auf das seltsame Symbole gemalt sind, ist mindestens so viel wert wie ein Goldstück.

Punkt 1: Ich stehe jeden Tag in Verbindung mit der Macht, von der ich Dir geschrieben habe, und ich lerne täglich große Mysterien begreifen.

Punkt 2: Ich habe bereits Wunder vollbracht, wie es keinem Menschen vor mir möglich war, mit Hilfe gewisser Amulette oder Talismane, die mir die Macht übergeben hat.

Punkt 3: Die Macht weigert sich entschieden, mir die Namen oder Inkarnationen zu nennen, durch die diese Dinge geschehen, so daß ich die Amulette selbst herstellen könnte. Statt dessen unterrichtet sie mich in verschiedenen Wissensgebieten, die nichts mit Wundern zu tun haben – zu meiner quälenden Ungeduld, die ich bisher noch verberge.

Punkt 4: In diesem Päckchen steckt ein Pergament. Geh an einen einsamen Ort, zerreiß es und wirf die Fetzen auf den Boden. Sofort wird rings um dich ein schöner Garten mit herrlichen Früchten, Statuen und einem Pavillon entstehen. Du kannst Dich an diesem Garten erfreuen, so wie es Dir beliebt, solange ihn niemand betritt, der ein Schwert, einen Dolch oder irgendeinen Gegenstand aus Eisen bei sich trägt, mag er auch noch so klein sein. Dann würde der Garten verschwinden und nie mehr auftauchen.

Dies magst Du in die Tat umsetzen, wenn es Dir gefällt. Währenddessen zittere ich wie ein Gefesselter vor dem Tor des Paradieses und kann nicht hindurchgehen, da mir die Macht das wahre Wesen der Mysterien vorenthält und mir nur Brosamen zuwirft – die mich allerdings zu größeren Wundern befähigen, als sie je zuvor vollbracht wurden. Zum Beispiel das Pergament, das ich Dir schicke... In dieser Kunst habe ich mich schon oft geübt. Ich habe in meinem Ränzel viele solcher Amulette, die mir die Macht auf meine flehentlichen Bitten hin übergeben hat. Doch wenn ich insgeheim versuchte, die gleichen Symbole auf anderes Pergament zu zeichnen, waren sie wertlos. Man muß Worte oder Formeln über ihnen sprechen, oder – und das halte ich für wahrscheinlicher – es ist ein noch größeres Amulett, das dem Pergament seine magischen Kräfte gibt. Ich beginne einen Plan zu schmieden – einen sehr gewagten Plan, um jenes Amulett für mich zu gewinnen.

Aber Du wirst sicher wissen wollen, was sich bei meiner großen Aktion ereignet hat. Ich kehrte aus Padua nach Montevecchio zurück. Die Reise dauerte drei Tage. Der Bauer, der die Wunder gewirkt hatte, war tot, die Angst der Dorfbewohner war noch gewachsen, und so hatten sie ihm mit Hämmern das Gehirn aus dem Kopf geschlagen. Das befriedigte mich, denn ich hatte befürchtet, er würde auch noch anderen Leuten von dem Wort und dem Namen berichten, die er mir verraten hatte. Ich sprach mit dem Priester und sagte ihm, ich sei in Padua gewesen, um hohe Würdenträger um Rat bezüglich der Wunder zu bitten, die in Montevecchio geschehen seien. Sie hätten mir aufgetragen, zurückzukehren und den bösen Feind, der den Bauern die Zauberei gelehrt hätte, aufzuspüren und zu verscheuchen.

Am nächsten Tag trug ich die Parfüms, die Wachskerzen und die anderen Dinge, die ich für die Aktion benötigte, auf den Hügel – wobei mir der Priester half. Er zitterte am ganzen Körper, aber er wäre bei mir geblieben, wenn ich ihn nicht weggeschickt hätte. Die Nacht brach herein, ich zog den magischen Kreis und zeichnete den Drudenfuß, mit den großen Zeichen an den richtigen Stellen. Und als der Neumond aufging, entzündete ich die Parfüms und die Kerzen und begann mit der Aktion. Und als es an der Zeit war, den Namen und das Wort auszusprechen, rief ich beides dreimal mit lauter Stimme aus und wartete.

Auf diesem Hügel liegen viele graue Steine. Als ich den Namen zum drittenmal gerufen hatte, erzitterte einer dieser Steine und war kein Stein mehr. Dann sagte eine heisere Stimme: „Ah! Also deshalb stinkt es hier so grauenvoll! Hat dich mein Bote hierhergeschickt?“

Da war ein Schatten, wo eben noch der Stein gelegen hatte. Ich konnte ihn nicht deutlich erkennen, doch ich verbeugte mich in diese Richtung. „Du übergroße Macht“, erwiderte ich, und meine Stimme bebte vor Freude, weil meine Aktion Erfolg gehabt hatte. „Ein Bauer, der Wunder wirkte, erzählte mir, daß du mit einem Gelehrten zu sprechen wünschst. Verglichen mit den Kräften, die du besitzest, bin ich natürlich unwissend, aber ich habe mein ganzes Leben dem Studium der Mysterien gewidmet. Deshalb bin ich gekommen, um dir meine Verehrung anzubieten oder was immer du haben willst, wenn du mir dafür deine Weisheit schenkst.“

Der Schatten bewegte sich, und die Macht kam auf mich zu, eine Gestalt, nicht größer als eineinhalb Ellen. Im Mondlicht sah ich ihr Gesicht, das sardonische Ungeduld widerspiegelte. Duftender Rauch schien sich an sie zu klammern, bildete eine dichte Wolke.

„Ich glaube“, sagte die heisere Stimme, „du bist ein noch größerer Narr als der Bauer, mit dem ich gesprochen habe. Wofür hältst du mich?“

„Für eine Fürstin des himmlischen Geschlechts, o Herrlichkeit“, antwortete ich, und meine Stimme bebte noch immer.

Nun entstand eine kleine Pause. Dann sagte die Macht müde: „Die Menschen! Sie werden immer Narren bleiben. Hör zu, ich bin schlicht und einfach die letzte Kreatur meiner Rasse, die in einer Flotte von einem anderen Stern hierhergereist ist. Euer kleiner Planet hat ein Herz aus dem verfluchten Metall, das sich so fatal auf die Apparaturen meiner Rasse auswirkt. Ein paar von unseren Schiffen kamen ihm zu nahe. Andere eilten herbei, um ihnen beizustehen, und erlitten das gleiche Schicksal. Vor vielen, vielen Jahren stiegen wir vom Himmel herab und können nie wieder emporsteigen. Jetzt bin nur noch ich übrig.“

Daß sie die Welt als Planeten bezeichnete, war natürlich absurd. Die Planeten sind Wanderer zwischen den Sternen, die in ihren Zyklen und Epizyklen reisen, so wie es Ptolemäus vor tausend Jahren erklärt hat. Aber ich merkte sofort, daß sie mich testen wollte, und so sagte ich kühn: „Ich fürchte mich nicht vor dir, und deshalb brauchst du mich nicht zu täuschen. Denkst du, ich wüßte nicht von jenen, die wegen ihrer Rebellion aus dem Himmel verstoßen wurden? Soll ich den Namen ihres Anführers aufschreiben?“

„Eh?“ entgegnete sie wie eine verwirrte alte Dame, und so schrieb ich lächelnd den wahren Namen dessen in den Sand, der sich in ihrer Gestalt verbarg und den der Volksmund Luzifer nennt. Sie betrachtete die Buchstaben und sagte: „Pah! Das ist nur eine unbedeutende Legende. Sieh, du Mensch, ich werde bald sterben. Ich habe mich viel länger vor deiner Rasse und ihrem verfluchten Metall versteckt, als du dir vorstellen kannst. Ich habe die Menschen beobachtet und verachtet. Aber – ich werde sterben. Und es wäre nicht gut, wenn mein Wissen mit mir unterginge. Deshalb will ich mit der Menschheit das Wissen teilen, das sonst mit mir sterben würde. Meiner Rasse wird es nicht schaden, und es könnte den Menschen im Lauf der Äonen zu einer gewissen Zivilisation verhelfen.“

Ich beugte mich zur Erde hinab, flammend vor Eifer.

„O Herrlichkeit!“ rief ich erfreut. „Du kannst mir trauen. Ich werde deine Geheimnisse bewahren. Ich werde nicht das geringste verraten – nicht ein Jota!“

Nun klang die heisere Stimme ärgerlich.

„Ich wünsche, daß alle Menschen an diesem Wissen teilhaben. Aber ...“ Nun sprach sie die Worte aus, die ich nicht verstand. Ich weiß nur, daß sie irgendwie spöttisch klangen. „Was ich zu sagen habe, wird der Menschheit dienen – auch wenn es verzerrt weitergegeben wird. Und ich glaube nicht, daß du Geheimnisse für dich behalten kannst. Hast du eine Feder und Pergament?“

„Nein, Herrin!“

„Dann wirst du wiederkommen, mit den nötigen Dingen

ausgerüstet, so daß du alles aufschreiben kannst, was ich dir sagen werde."

Doch sie blieb stehen und sah mich an, stellte mir Fragen, die ich bereitwillig beantwortete. Dann begann sie in nachdenklichem Ton zu sprechen, und ich lauschte aufmerksam. Diese Rede glich den Worten eines einsamen Menschen, der hauptsächlich in der Vergangenheit lebt, doch ich erkannte bald, daß sie in Bildern und Allegorien sprach, in denen hin und wieder die Wahrheit zum Vorschein kam. Als würde sie nur reden, um sich zu erinnern, erzählte sie von ihrer Heimat, einem schönen Planeten, so weit weg, daß es sinnlos wäre, von Meilen oder gar von der Breite unserer Kontinente zu sprechen, um Dir einen Begriff von dieser Entfernung zu geben. Sie berichtete von den Städten, in denen ihre Artgenossen leben – da begriff ich natürlich, was sie meinte –, von einer Flotte aus fliegenden Dingen, die sich aus jenen Städten erheben, um zu anderen schönen Städten zu gelangen, von der Musik, die in der Luft liegt, so daß jede Person, überall auf dem ganzen Planeten, süße Klänge hören kann, aber auch kluge Lektionen, ganz nach Belieben. Hier brauchte sie keine Metaphern zu verwenden, denn jeder weiß, daß im Himmel unaufhörlich süße Musik ertönt. Doch gleich darauf fügte sie eine Metapher an, denn sie lächelte mich an und sagte, daß die Musik nicht durch ein Mysterium entstünde, sondern durch Wellen, ebenso wie das Licht, nur wären sie bei der Musik länger. Dies war natürlich eine bildliche Darstellung, denn das Licht ist eine unbegreifliche Flüssigkeit ohne Längen und ganz sicher ohne Wellen.

Dann sprach sie von Flügen durch die Leere des Empyreums, was mir wiederum nicht ganz klar war, denn wir alle wissen, daß der Himmel voller Sterne ist. Und sie erzählte von vielen Sonnen und anderen Welten, von denen manche gefroren seien und manche nur aus öden Felsen bestünden. Die Obskurität all dieser Dinge ist offensichtlich. Dann sagte sie wieder, daß sie dieser unserer Welt zu nahe gekommen seien, und redete davon, als handelte es sich um einen mathematischen Fehler und nicht um einen Akt der Rebellion. Sie seien der Erde zu nahe gekommen, wie Ikarus der Sonne. Schließlich sprach sie wieder in Metaphern, denn sie beschrieb Maschinen, Gegenstände, die Steine an Wände werfen und in irgendeinem übergeordneten Sinne Korn mahlen und Wasser pumpen. Sie erklärte auch, daß die Maschinen heiß würden, wegen des verfluchten Metalls im Herzen der Erde, erwähnte die Unfähigkeit ihrer Rasse, der Anziehungskraft der Erde zu widerstehen – eine weitere Metapher. Und dann sprach sie von einem kreischenden Abstieg heraus aus den Höhen des Himmels. Das alles war natürlich eine bildliche Darstellung jenes Vorgangs, in dessen Verlauf die Rebellen aus dem Himmel vertrieben wurden, und das Eingeständnis, daß auch sie zu den besagten Rebellen gehört.

Als sie eine Pause machte, bat ich sie demütig, mir ein Mysterium zu zeigen und mich gnädig zu beschützen, für den Fall, daß meine Begegnung mit ihr bekannt würde.

„Was ist mit meinem Boten geschehen?" fragte die Macht.

Ich erzählte es ihr, und sie hörte reglos zu. Ich bemühte mich, dies alles möglichst wahrheitsgetreu zu berichten, denn natürlich hätte sie es aufgrund ihrer mysteriösen Kräfte sofort gemerkt, wenn ich sie belogen hätte – so wie sie alles weiß. Mit dieser Frage hatte sie mich wiederum nur prüfen wollen. In der Tat, ich war überzeugt, daß sich alles, was dem Boten widerfahren war, nur abgespielt hatte, um mich hierherzuführen, einen gelehrten Studenten der Mysterien, mit dem die Macht sprechen wollte.

„Die Menschen!" stieß sie schließlich voller Bitterkeit hervor. Dann fügte sie mit kalter Stimme hinzu: „Nein! Ich kann dich nicht schützen. Meine Rasse ist auf dieser Welt völlig schutzlos. Wenn du lernen willst, was ich dich lehren kann, so mußt du den Zorn deiner Mitmenschen ertragen."

Und dann begann sie plötzlich auf Pergament zu schreiben, drückte es gegen irgendeinen Gegenstand an ihrer Seite und warf es auf den Boden.

„Wenn die Menschen dir zu Leibe rücken", sagte sie verächtlich, „dann reiß dieses Pergament in Stücke und wirf es von dir.

Wenn du nichts aus dem verfluchten Metall bei dir trägst, wird es die Leute ablenken, während du fliehst. Aber ein Dolch würde das Pergament all seiner Wirkung berauben."

Dann ging sie davon. Sie verschwand. Und ich stand lange Zeit schaudernd da, bis ich mich an die Formel des Apollonius von Tyrana erinnerte, mit der man böse Geister verjagen kann. Ich trat aus dem magischen Kreis. Kein böser Dämon fiel über mich her. Ich hob das Pergament auf und studierte es im Mondschein. Die Symbole waren mir unbegreiflich, obwohl ich alles studiert habe, was im Zusammenhang mit den Mysterien bekannt ist. Nachdenklich kehrte ich ins Dorf zurück.

Ich habe Dir das alles so ausführlich erzählt, damit Du erkennst, daß diese Macht nicht mit dem Stolz und dem drohenden Unterton spricht, der von den meisten Autoritäten auf dem Gebiet der Mysterien und magischen Aktionen erwähnt wird. Es wird oft behauptet, ein Lehrling müsse während einer Aktion große Standfestigkeit beweisen, sonst würden ihn die Mächte überwältigen, die er gerufen hat. Doch diese Macht sprach im Ton müder Ironie, wie ein Mensch, der den Tod nahen fühlt. Und sie hat tatsächlich vom Tod geredet. Das war natürlich eine Prüfung, eine Täuschung, denn sind die Mächte der Finsternis nicht unsterblich? Sie hat irgendeinen Plan, von dem ich nichts erfahren soll. Jedenfalls erkannte ich, daß ich äußerst vorsichtig vorgehen muß, wenn ich diese wunderbare Gelegenheit nutzen will.

Im Dorf erzählte ich dem Priester, ich sei einem bösen Geist begegnet, der mich angefleht hätte, ihn nicht zu verscheuchen. Er hätte mir versprochen, mir gewisse verborgene Schätze zu zeigen, die einst der Kirche angehört hätten und die er nicht berühren und keinen bösen Menschen enthüllen dürfte, weil sie heilig seien. Er könnte mir aber den Weg zum Versteck jener Schätze beschreiben. Ich besorgte mir Pergament, Federn und Tinte, und am nächsten Tag ging ich allein auf den Hügel. Er war leer. Ich vergewisserte mich, daß ich nicht beobachtet wurde, legte meinen Dolch beiseite, zerriß das Pergament, das mir die Macht gegeben hatte, und warf die Stücke auf den Boden.

Da erschien ein Schatz, so reich an Gold und Juwelen, daß er jeden besitzgierigen Menschen in den Wahnsinn getrieben hätte. Da waren Beutel und Truhen und Kisten, so prall gefüllt mit Gold und kostbaren Edelsteinen, daß sie barsten und ihr Inhalt sich auf den Boden ergoß. Da war Geschmeide, das im Licht der sinkenden Sonne funkelte, da waren Ringe und Halsketten, mit Brillanten besetzt, und ungeheure Mengen goldener Münzen mit antiken Prägungen ...

Johannus, sogar ich wurde fast verrückt! Ich sprang hinzu wie ein Träumender, um meine Hände in das Gold zu tauchen. Geifernd stopfte ich meine Taschen mit Rubinen und Perlenketten und Gold, füllte mein Ränzel mit Goldstücken, lachte wie ein Irrer. Ich wälzte mich im Reichtum, warf Goldmünzen in die Luft und ließ sie auf mich herabfallen.

Dann hörte ich ein Geräusch. Voller Angst um den Schatz rannte ich zu meinem Dolch und hob ihn auf, um meinen kostbaren Besitz mit dem Leben zu verteidigen.

Da sagte eine heisere Stimme: „Du machst dir wohl wirklich nichts aus irdischen Gütern, was?“

Spöttisch blickte die Macht mich an. Ich konnte sie deutlich sehen – und doch nicht, da ihr Körper von einer Wolke umhüllt war. Sie war, wie gesagt, anderthalb Ellen groß, und aus ihrer Stirn ragten knotige Fühler. Es waren keine Hörner, aber sie sahen so aus, abgesehen von den zwiebelförmigen Gebilden an den Enden. Ihr Kopf war sehr groß und ... Aber ich will nicht versuchen, sie zu beschreiben, denn sie kann zweifellos viele tausend Gestalten annehmen. Also spielt ihre äußere Erscheinung keine Rolle.

Ich bekam es mit der Angst zu tun, denn ich stand in keinem Kreis oder Drudenfuß, war ihr schutzlos ausgeliefert. Doch die Macht bedrohte mich nicht.

„Dieser Reichtum ist Wirklichkeit“, sagte sie heiser. „Er hat die Farbe, das Gewicht echter Substanz und fühlt sich auch so an. Aber dein Dolch wird ihn zerstören.“

Didyas von Corinth hat gesagt, daß die Schätze des Mysteriums durch eine spezielle Aktion fixiert werden müssen, bevor sie permanent und frei von der Macht jener werden, die sie hervorgezaubert haben. Wenn sie nicht fixiert sind, können sie sich in welke Blätter oder Schutt verwandeln.

„Berühre den Schatz mit deinem Dolch", befahl die Macht.

Ich gehorchte, während mir der Angstschweiß aus allen Poren brach. Und als das Eisen den großen Haufen aus Gold und Juwelen berührte, schwankte der Boden ringsum, Flammen schossen empor, und der ganze Schatz verschwand – alles bis zur kleinsten Perle. Dann tauchte das Pergament wieder auf, rauchte und schwelte, wurde zu Asche. Mein Dolch war glühend heiß und versengte mir die Finger.

Die Macht nickte. „Ja, ja . . . Das Kraftfeld ist voller Energie. Und wenn es vom Eisen absorbiert wird, entsteht Hitze." Dann betrachtete sie mich keineswegs unfreundlich. „Du hast Pergament und Federn mitgebracht, und du hast das Amulett wenigstens nicht benutzt, um deine Freunde zu verblüffen. Außerdem warst du vernünftig genug, keinen Gestank mehr zu erzeugen. Vielleicht schlummert doch ein Körnchen Weisheit in dir. Also will ich dich eine Zeitlang ertragen. Setz dich, nimm dein Pergament und deine Feder. Wir wollen es uns gemütlich machen. Steck deinen Dolch in die Scheide – oder noch besser, wirf ihn weg!"

Ich barg ihn an meinem Busen. Und dann war es, als würde sie etwas an ihrer Seite berühren, und ein schöner Pavillon umgab uns, mit weichen Kissen und einem sanft plätschernden Springbrunnen.

„Setz dich", sagte die Macht. „Von einem Mann, mit dem ich einst befreundet war, erfuhr ich, daß die Menschen solche Dinge lieben. Er war von Räubern bestohlen und verwundet worden, und er hatte nicht viel mehr bei sich als ein Stück von jenem verfluchten Metall. Ich konnte ihm helfen und lernte von ihm die Sprache, die ihr Menschen heutzutage benutzt. Aber am Ende glaubte er, ich sei ein böser Geist, und bemühte sich tapfer, mich zu hassen."

Meine Hände zitterten noch immer vor Erregung, nachdem mir der Schatz genommen worden war. Wirklich, es war ein Schatz gewesen, wie ihn kein König jemals besessen hatte, Johannus! Meine Seele gierte nach jenen Reichtümern! Allein die goldenen Münzen würden Deine ganze Dachkammer ausfüllen – aber der Boden würde unter ihrem Gewicht einstürzen, und mit den Juwelen könntest Du ganze Fässer vollstopfen. Ah, Johannus! Welch ein Schatz!

„Was du nun niederschreiben sollst, wird dir anfangs sinnlos erscheinen", sagte die Macht. „Zuerst werde ich dir Fakten und Theorien diktieren, weil man sich die am leichtesten merken kann. Dann werde ich dir zeigen, wie man die Theorien anwendet. Und danach werdet ihr Menschen den Beginn einer Zivilisation erleben, wie sie in der Nähe des verfluchten Metalls existieren kann."

„O Herrlichkeit", flehte ich in meiner verwerflichen Habgier, „wirst du mir noch ein Amulett geben, mit dem ich einen Schatz herbeizaubern kann?"

„Schreib!" befahl sie.

So schrieb ich denn. O Johannus, ich kann Dir nicht sagen, was ich schrieb. Sie sprach Worte aus, und sie sind so obskur, daß sie auch jetzt, da ich sie auswendig lerne, noch immer keine Bedeutung für mich haben. Lies das folgende – und such darin die Weisheit der Mysterien! „Die Zivilisation meiner Rasse basiert auf Kraftfeldern, welche die Eigenschaften besitzen, in allen Essenzen als Substanz zu wirken. Ein Magneteisenstein wird von einem Kraftfeld umgeben, das unsichtbar und nicht greifbar ist. Aber die Kraftfelder, die meine Rasse benutzt, um Behausungen, Werkzeuge, Fahrzeuge und sogar Maschinen herzustellen, können mit den Sinnen wahrgenommen werden und fungieren in physikalischer Hinsicht genauso wie feste Materie. Mehr noch, wir können diese Kraftfelder auf latente Weise formen. Wir können permanente Kraftfelder mit organischen Objekten verbinden, wobei sie keine Energie brauchen, um weiterzubestehen, so wie ein Magnetfeld keine Energie braucht, um erhalten zu bleiben. Unsere Kraftfelder können auch als dreidimensionale Materie projiziert werden, die jede gewünschte Form annimmt und alle Eigenschaften von Substanzen besitzt, außer der chemischen Affinität.“

Johannus! Ist es nicht unglaublich, daß Wörter, die von Mysterien handeln, aneinandergereiht werden können, ohne irgendwelche Hinweise auf ihre wahre mystische Bedeutung zu geben? Ich schreibe und schreibe in der verzweifelten Hoffnung, daß mir die Macht irgendwann den Schlüssel geben wird, der mir die Tür zu jener verborgenen Weisheit öffnet, aber mir schwirrt schon der Kopf vor Anstrengung, wenn ich nur die Richtlinien für die Aktionen aufschreibe, die sich hinter diesen geheimnisvollen Worten verbergen. Ich gebe Dir noch ein Beispiel: „Wenn ein Kraftfeldgenerator gebaut wird, so wie oben geschildert, wird man feststellen, daß die pulsierenden Felder, die als Bewußtsein fungieren, als perfekte Kontrollen dienen. Man braucht sich das gewünschte Objekt nur bildlich vorzustellen, die Hilfskontrolle des Generators einzuschalten, und der Generator wird sein Produkt nach der Vorlage des pulsierenden Bewußtseinsfeldes formen . . .“

An dem Tag, an dem ich zu schreiben begonnen hatte, sprach die Macht stundenlang. Und ich schrieb, bis mir die Finger weh taten. Von Zeit zu Zeit ruhte ich mich aus und las ihr die Worte vor, die ich geschrieben hatte. Sie lauschte zufrieden.

„Herrin!“ sagte ich bebend. „Mächtige Herrin! O Herrlichkeit! Diese Mysterien, die du mir aufzuschreiben befiehlst – sie gehen über mein Begriffsvermögen!“

Aber sie erwiderte verächtlich: „Schreib! Irgendwann wird irgend jemand begreifen, was das alles bedeutet. Und ich werde dir eins nach dem anderen erklären, so lange, bis sogar du zumindest die Anfangsgründe verstehen kannst.“ Dann fügte sie hinzu: „Du bist müde. Du wünschst dir ein Spielzeug. Nun, ich werde ein Amulett für dich herstellen, mit dem du wieder einen Schatz herbeizaubern kannst. Außerdem bekommst du einen Talisman, der dir ein Boot schenken wird, mit einer Maschine, die Energie aus dem Meer beziehen wird, ein Boot, das dich überallhin bringen kann, wohin du nur willst, ohne daß du die Winde oder die Gezeiten brauchst. Ich werde dir auch Amulette geben, mit deren Hilfe du Paläste bauen kannst, wo immer du willst, mit denen du schöne Gärten gestalten kannst, ganz nach Belieben . . ."

Und das hat sie auch getan, Johannus. Es scheint sie zu belustigen, Symbole auf Pergamentfetzen zu schreiben und das Pergament dann gegen irgend etwas an ihrer Seite zu drücken, bevor sie es auf den Boden legt, so daß ich es aufheben kann. Sie hat mir amüsiert erklärt, daß die Wunderkraft der Amulette vollkommen ist und doch latent, daß sie freigelassen wird, wenn man das Pergament zerreißt, daß sie von Eisen absorbiert und vernichtet wird. Und so spricht sie immer wieder in Rätseln – aber manchmal scherzt sie auch.

Der Gedanke ist seltsam, daß ich allmählich begonnen habe, diese Macht als Person zu akzeptieren. Dies läßt sich nicht mit den Gesetzen der Mysterien vereinbaren. Ich fühle, daß sie einsam ist. Es scheint sie zu befriedigen, mit mir zu sprechen. Und doch ist sie eine ungeheure Macht, gehört zu keinen Rebellen, die aus dem Himmel verbannt und auf die Erde geworfen wurden! Davon redet sie nur in seltsamen, vagen Metaphern, als sei sie aus einer anderen Welt gekommen, die so ähnlich ist wie *die* Welt, nur viel größer. Sie bezeichnet sich als Raumfahrer und spricht voller Zuneigung von ihrer Rasse und vom Himmel – das heißt von der Stadt, aus der sie stammt. Es muß viele solcher großer Städte geben, und sie erzählt davon mit einer sonderbaren, stolzen Liebe. Man könnte fast glauben, daß sie ein einsames Mitglied einer fremden Rasse ist, für immer ins Exil geschickt wurde und sich in ihrer Einsamkeit mit den Menschen anfreundete. Aber wie könnte es ein solches Wesen geben? Wie könnte es eine andere Welt geben?

Diese seltsamen Gespräche haben vor zehn Tagen begonnen. Ich fülle ein Pergament nach dem anderen mit Schriftzügen. Immer wieder tauchen dieselben Metaphern auf. „Kraftfeld" – ein Begriff ohne buchstäbliche Bedeutung – kommt besonders oft vor. Aber es gibt noch andere Metaphern wie „Spulen" oder „primär" oder „sekundär", die im Zusammenhang mit Kupferdrähten erwähnt werden. Da gibt es genaue Beschreibungen, scheinbar in der simpelsten Sprache, von Platten aus ungleichen Metallen, die in Säuren gelegt werden, von Platten aus gleichem Metall, die durch Luft- oder Wachsschichten von bestimmter Stärke getrennt werden. Da ist auch eine Erklärung der Mittel, von denen die Macht lebt. „Ich bin an eine Atmosphäre gewöhnt, die viel dichter ist als die der Erde, und deshalb bin ich gezwungen, mich mit einem Kraftfeld von einer Luftdichte zu umgeben, die der Atmosphäre meines Heimatplaneten nahekommt, so daß ich atmen kann. Dieses Kraftfeld ist transparent, aber da es sich ständig bewegen muß, um die Luft, die ich ausatme, auszutauschen und aufzufrischen, entsteht eine wolkenartige Hülle, die meinen Körper nachzeichnet. Sie wird von einem Generator aktiviert, den ich an meiner Seite trage und der gleichzeitig die Energie für andere Kraftfelder spendet, die ich zu meiner Bequemlichkeit brauche." O Johannus! Ich werde wahnsinnig vor Ungeduld! Wenn ich nicht hoffen würde, daß sie mir eines Tages die Bedeutung dieser Metaphern erklärt, damit ich ihnen die Worte und Namen entnehmen kann, die man braucht, um Wunder zu wirken – ich würde verzweifeln.

Und doch ist die Macht freundlich zu mir. Sie gab mir Amulette, wann immer ich sie darum bat, und ich probierte sie oft aus. Das Amulett, das Dir einen schönen Garten schenken wird, ist nur eines von vielen. Sie sagt, daß sie der Menschheit das Wissen anvertrauen will, das sie besitzt, und dann wiederum gebietet sie mir sinnlose Worte zu schreiben wie: „Die Treibkraft, die ein Schiff braucht, um schneller als mit Lichtgeschwindigkeit zu fliegen, wird durch einen simplen Treibkraftgenerator erzeugt, wie er bereits beschrieben wurde, aber in diesem Fall muß man seine Konstanten ändern, damit er keine Energie im normalen Raum hervorbringt, sondern durch Spannung einen abnormen Raum erzeugt. Der Prozeß läuft folgendermaßen ab . . ." Oder: „Das verfluchte Eisen muß nicht aus allen Stromkreisen eliminiert, sondern auch aus der Nähe der Apparate entfernt werden, die Hochfrequenzschwingungen benutzen, da es ihre Energie absorbiert und ihre Funktion verhindern würde ..."

Ja, ich komme mir wie ein Mensch vor, der zitternd vor der Tür des Paradieses steht, aber nicht eintreten kann, weil man ihm keinen Schlüssel gibt. „Lichtgeschwindigkeit!" Was könnte diese Metapher bedeuten? Das ist genauso, als würden wir von der Geschwindigkeit des Wetters oder der Steine sprechen.

Sie erweckt den Eindruck, als sei sie unvergleichlich einsam, das letzte Mitglied einer fremden Rasse auf dieser Erde – als würde es ihr ein merkwürdiges, kameradschaftliches Vergnügen bereiten, mit mir zu sprechen. Wenn ich sie bitte, mir ein Wort oder einen Namen zu sagen, der mir eine Macht verleihen würde, die über diese Amulette hinausgeht, ist sie belustigt und nennt mich einen Narren, aber in freundlichem Ton. Und dann fährt sie fort, in ihrer bildhaften Sprache von Naturgewalten und Kraftfeldern zu reden, und schenkt mir ein Amulett, mit dem ich einen Palast aus goldenen Mauern bauen kann, verziert mit Smaragdsäulen! Und schließlich erinnert sie mich daran, daß ein gieriger Räuber die ganze Pracht vernichten kann, wenn er die Tür des Palastes mit einem Eisenhammer einschlägt!

Ich werde fast verrückt, Johannus! Aber sie besitzt in der Tat eine unaussprechliche Weisheit, die sie mich lehren könnte. Ganz allmählich und vorsichtig begann ich mich so zu verhalten, als wären wir Freunde – zwei Freunde, nicht Herrin und Untertan. Andererseits entsinne ich mich der Warnung der großen Autoritäten, daß man immer auf der Hut sein muß, wenn man eine dunkle Macht herbeiruft.

Ich habe einen Plan. Er ist gefährlich, das weiß ich wohl, aber ich fange an zu zweifeln. Zitternd auf der Schwelle solcher Macht zu stehen, wie sie kein Mensch jemals erträumen konnte – und dann den letzten Schritt nicht tun zu dürfen ...

Der Söldner, der Dir dieses Päckchen überbringt, wird morgen die Reise antreten. Er ist ein Krüppel, und er wird vielleicht monatelang unterwegs sein. Wenn Du dieses Schreiben erhältst; wird schon alles entschieden sein. Ich weiß, daß

Du mir Glück wünschst. Gab es jemals einen Studenten der Mysterien, der sich in einer so traurigen Lage befand wie ich – der alles Wissen in Reichweite hatte und doch nicht danach greifen konnte?

Dein Freund Carolus

Geschrieben in einem schäbigen Gasthaus in Montevecchio.

Johannus! Ein Kurier eilt nach Ghent zu meinem Herrn von Brabant, ich nutze die Gelegenheit, um Dir einen Brief zu schicken. Ich glaube, ich werde wirklich verrückt, Johannus! Ich habe eine Macht, wie sie kein Mensch jemals besessen hat, und ich fiebere vor Erbitterung. Höre mich an!

Drei Wochen lang stieg ich täglich auf den Hügel bei Montevecchio und schrieb die metaphorischen Worte auf, von denen ich Dir berichtet habe. Mein Ränzel ist vollgestopft mit Amuletten, aber ich kenne kein einziges Wort, keinen einzigen Namen, der mir wahrhafte Macht bescheren würde. Die Macht behauptet, ihre Worte enthielten keine Rätsel, man bräuchte sie nur zu lesen. Manche Sätze formulierte sie immer wieder neu, bis sie nur noch mechanische Instruktionen waren, wie man Metallteile zusammenfügt. Da waren keine Wörter, keine Namen – nur Metallstücke, die auf geschickte Weise zusammengesetzt sind.

Schließlich gewann ich die Überzeugung, daß sie niemals das Wissen enthüllen würde, das sie mir versprochen hatte. Inzwischen stand ich auf so vertrautem Fuß mit dieser Macht, daß ich zu rebellieren wagte und sogar auf Erfolg hoffen durfte. Da war diese Wolke rings um die Gestalt, bewirkt durch ein Amulett, das sie an der Seite trug und „Generator" nannte. Wenn diese Wolke zerstört wurde, konnte sie nicht weiterleben. Aus diesem Grund vermied sie es, irgendwelche Gegenstände aus Eisen zu berühren. Und au dieser Tatsache beruhte mein Plan.

Ich stellte mich krank und erklärte, ich müßte mich in einer leerstehenden, strohgedeckten Bauernhütte ausruhen, am Fuße des Hügels, auf dem die Macht lebte. Sicher war sie überzeugt, daß es in dieser primitiven Hütte nicht einmal einen

Eisennagel gab. Wenn sie mich liebte, würde sie zu mir in die Hütte kommen und mit mir sprechen.

Seltsam, daß ein Mensch solche Worte gebraucht, wenn er von einer dunklen Macht spricht... Aber ich hatte drei Wochen lang täglich mit ihr gesprochen, und deshalb war sie mir vertraut. Stöhnend lag ich in der Hütte – allein. Am zweiten Tag kam sie. Ich heuchelte große Freude und machte Feuer mit Hilfe einer brennenden Kerze. Sie dachte, das geschähe ihr zu Ehren, aber in Wahrheit war es ein Signal. Während sie auf den vermeintlichen Kranken einsprach, erklang plötzlich ein Schrei vor der Hütte. Es war der Dorfpriester. Auf das Rauchzeichen hin, das aus dem Schornstein der Bauernhütte stieg, war er herangekrochen und hatte eine Eisenkette hinter sich hergezogen, deren Klirren durch Stofflappen gedämpft wurde, die darum gewickelt waren. Und nun stand er vor der Hütte, sein Kruzifix hoch erhoben, und sang Exorzismen. Ein sehr tapferer Mann, dieser Priester, denn ich hatte ihm die Macht als gefährlichen bösen Feind beschrieben.

Die Macht wandte sich zu mir und sah mich an, und da hielt ich den Dolch in der Hand.

„Dies ist das verfluchte Metall“, sagte ich mit fester Stimme. „Und die ganze Hütte ist von einem Ring aus diesem Metall umgeben. Nenne mir nun die Worte und Namen, die mich befähigen, Amulette herzustellen. Wenn du das tust, werde ich den Priester töten und die Kette entfernen, und du kannst unbeschadet davongehen. Beeil dich, sonst...“

Die Macht warf ein Amulett auf den Boden. Und als das Pergament die Erde berührte, stieg eine Wolke auf. Doch dann begann das Pergament zu rauchen und wurde zu Asche. Der Eisenring, der sich um die Hütte zog, zerstörte seine Kraft. Da wußte die Macht, daß ich die Wahrheit gesagt hatte.

„Ah!“ rief sie mit ihrer heiseren Stimme. „Die Menschen! Und ich dachte, dieser eine sei mein Freund.“ Sie legte eine Hand an ihre Seite. „Ich hätte es wissen müssen. Dieses Eisen dröhnt in mir. Es erhitzt meine Maschine...“

Sie sah mich an, und ich hob unerbittlich den Dolch.

„Die Namen!" schrie ich. „Die Worte! Gib mir Macht – und ich werde den Priester töten!"

„Ich habe versucht, dir Weisheit zu schenken", sagte sie leise. „Und nun willst du mich mit dem verfluchten Metall erstechen. Aber das brauchst du nicht zu tun. In einem Eisenring kann ich ohnehin nicht lange leben. Meine Maschine wird verbrennen, mein Kraftfeld wird versagen. Ich werde ersticken in dieser dünnen Luft, die für dich dicht genug ist."

Ich sprang von meinem Strohlager auf, um sie noch wütender zu bedrohen. Ich war in der Tat wahnsinnig, Johannus!

„Beherrsche dich!" stieß die Macht hervor. „Ich könnte dich jetzt töten. Aber ich hielt dich für meinen Freund. Ich werde jetzt zu deinem Priester hinausgehen. Lieber sterbe ich von seiner Hand. Er ist nur ein Narr."

Mit festen Schritten ging sie zur Tür. Als sie über die Eisenkette stieg, glaubte ich Rauch zu sehen, aber sie berührte das Ding an ihrer Seite, und die Wolke, die ihre Gestalt umgab, löste sich auf. Ein zischendes Geräusch erklang, und ihre Kleider flatterten, als würde ein Windstoß daran zerren. Die Macht taumelte, ging aber weiter, berührte ihre Seite noch einmal, und die Wolke kehrte zurück. Die Schritte der Macht wurden wieder kraftvoller. Sie wandte sich zur Seite, ging geradewegs auf den Priester zu, und ich sah an ihrer Haltung, daß sie von bitterer Würde erfüllt war.

Und dann sah ich, wie sich die Augen des Priesters vor Entsetzen weiteten, denn er erblickte die Macht zum erstenmal. Er erkannte, daß sie nicht von Menschen abstammte, sondern von jenen Rebellen, die Gott aus dem Himmel verjagt hatte.

Ich hörte die Macht in würdevollem Ton zu dem Priester sprechen. Was sie sagte, konnte ich nicht verstehen. Aber der Priester wankte nicht. Und als sie auf ihn zuschritt, kam er ihr entgegen. Er streckte ihr das Kruzifix hin, das er an einer Eisenkette um die Leibesmitte trug.

Da quoll Rauch auf, drang aus der Seite der Macht, aus jener Maschine, die sie immer angefaßt hatte, um Amulette zu fabrizieren, um ihnen die Kraft der Mysterien einzuhauchen. Und dann . . .

Ich war geblendet. Da schoß eine Flamme aus ungeheuerlichem bläulichem Licht empor, wie ein Blitzschlag aus dem Himmel. Und danach bildete sich eine Kugel aus wütendem gelbem Feuer, das schwarzen Rauch verströmte. Wilder Donner ließ die Luft erzittern.

Und dann war nichts mehr da . . . Da stand nur noch der Priester mit aschgrauem Gesicht, mit versengten Brauen und sang mit entschlossener Miene und bebender Stimme Psalmen. Ah, Johannus! Ich habe diese Amulette, die Wunder wirken können, aber wenn ich sie aufgebraucht habe, werden sie entschwunden sein, und dann bin ich machtlos. Ich hatte die Möglichkeit, Weisheit zu erlangen, wie sie sich keinem Menschen je zuvor geboten hatte. Und nun ist die Chance dahin . . . Doch ich will Jahre opfern – den Rest meines Lebens, um die wahre Bedeutung der Worte zu finden, die jene Macht gesprochen hat. Ich bin der einzige Mensch auf der ganzen Welt, der wochenlang mit einer Macht der Finsternis geredet hat. Sie hat mich als Freund akzeptiert, hat mich so geliebt, daß sie sich sogar selbst vernichtet hat. Es muß wahr sein – ich habe die gesamte Weisheit niedergeschrieben. Aber wie soll ich die Mysterien enträtseln, wenn ich nur Metaphern lese, wie, um wahllos ein Beispiel herauszugreifen:

„. . . Platten aus zwei verschiedenen Metallen, in Säure getaucht, erzeugen eine Kraft, für die der Mensch noch keinen Namen hat, und doch ist sie die Basis der wirklichen Zivilisation. Solche Platten . . .“

Wenn ich dem Geheimnis auf die Spur komme . . .

Memorandum von Peter McFarland, Physikalisches Institut, Haverford-Universität, an Professor Charles, Latein, gleiche Fakultät:

Lieber Professor Charles,

was ich davon halte? Verdammt, wo ist der Rest von dem Zeug?

McFarland